El destino de Alberta

ROSA MARTHA QUINTERO URZÚA

ola
PUBLISHING
INTERNACIONAL

Para solicitudes de permisos se debe escribir a la editorial, dirigido a "Atención: coordinador de permisos", a la siguiente dirección.

Hola Publishing Internacional
Eugenio Sue 79, int. 4, 11550
Ciudad de México

Primera edición, Marzo 2023
Impreso en los Estados Unidos de América
ISBN: 978-1-63765-388-3

La información contenida en este libro es estrictamente para propósitos informativos. A menos que se indique otra situación, todos los nombres, personajes, negocios, lugares, eventos e incidentes en este libro son producto de la imaginación del autor o usados de manera ficticia. Cualquier parecido con personas reales, vivas o muertas, o eventos actuales, es pura coincidencia.

Hola Publishing Internacional es una empresa de autopublicación que publica ficción y no ficción para adultos, literatura infantil, autoayuda, espiritual y libros religiosos. Continuamente nos esmeramos para ayudar a que los autores alcancen sus metas de publicación y proveer muchos servicios distintos que los ayuden a lograrlo. No publicamos libros que sean considerados política, religiosa o socialmente irrespetuosos, o libros que sean sexualmente provocativos, incluyendo erótica. Hola se reserva el derecho de rechazar la publicación de cualquier manuscrito si se considera que no se alinea con nuestros principios. ¿Tiene una idea para un libro que quisiera que consideremos para publicación? Por favor visite www.holapublishing.com para más información.

A Dios, que puso este sueño en mi corazón y que hoy es una realidad. A mi familia por su cariño, apoyo incondicional y por acompañarme en todos mis caminos.

Índice

Introducción

Me parece que la vida no se puede definir del todo, encasillarse en un solo concepto ni mucho menos creer que uno ya lo sabe todo.

De un tiempo para acá he estado "recibiendo", por llamarle de algún modo, historias de diversas personas; todas tan distintas como parecidas, pues, a final de cuentas, a todas ellas las une el querer vivir su propia vida, aunque después descubren, con el paso del tiempo, que hubo personas a su alrededor que con sus influencias las "obligaron" a tener una determinada experiencia de vida.

Todos los humanos, o por lo menos la gran mayoría, creo yo, buscamos nuestra realización personal, la materialización de nuestros sueños más preciados, y en eso se nos va la vida. Aunque al final no todos los balances serán positivos, ¿la experiencia quién te la quita? Más de alguna vez todos hemos soñado con lograr algo que está fuera de nuestro alcance o que nos parece difícil de realizar por los elementos en conjunto con que contamos, pero, aun así, somos capaces de aprender del pasado, de hipotecar nuestro presente y de tomarle fotografías lindas al futuro para conseguir ese tan anhelado sueño. Sin embargo, nunca contamos con que la vida nos puede ser arrebatada en cualquier momento, sea de tajo o en cámara lenta. Entonces sugiero echar un vistazo por la vida de alguno o de algunos soñadores, porque, tal vez, en un mundo tan vertiginoso como el nuestro tenemos casi sepultada nuestra capacidad de soñar. Y eso afecta, intuyo yo, directamente a nuestra felicidad. Tal vez así, luchemos también por nuestros propios sueños y luego ayudemos a otros a realizar sus sueños, hasta que esto se convierta en un gran patrimonio de la humanidad. Ahora por nosotros, luego por los que vengan a este planeta después de nosotros.

Tengo la esperanza de que alguno de los personajes bien nos pudiera "enseñar" a vivir nuestras propias vidas, aunque la oportunidad de escribir nuestra historia es una responsabilidad exclusivamente individual.

Capítulo 1

Mi retrato

Estoy sentada en un equipal debajo de la sombra de un árbol de duraznos, aquí en la huerta de mis padres. Hay también naranjas, limas, ciruelas, manzanas y peras, entre otras frutas. Las paredes están todas cubiertas de buganvilias, se escucha el cantar de las aves y disfruto mucho mirar este cielo azul, pues al contemplar su belleza quisiera volar como las aves para poder pasearme entre las nubes. Desde aquí puedo ver la superficie en medio de los árboles, construida a propósito para hacer las comidas informales de la familia, con un techo de vigas de madera traídas de la selva del Amazonas, las cuales fueron cubiertas con teja roja perfectamente acomodada para soportar cualquier aguacero del temporal de lluvias. El lugar tiene forma circular, algo parecido a un quiosco, y cuando hay reuniones las personas se pueden sentar a comer y al mismo tiempo pueden disfrutar de una vista hermosa. A todo el derredor del círculo existe una barda pequeña de máximo un metro de alto. Sólo en la entrada principal hay un arco hecho con metal, que, aunque tiene algunas figuras, con el tiempo se fueron cubriendo con plantas. Este lugar es muy agradable, tan agradable que te exhorta a olvidarte de lo que pasa afuera de los muros que delimitan esta huerta; está decorado con equipales y en el respaldo de cada uno se puede ver dibujado el sello de la familia Salvatierra. Vale la pena mencionar que a unos pocos metros del quiosco se encuentra un área construida para hacer la comida y servir los vinos. La mantelería que se usa aquí está toda bordada en punto de cruz o en deshilados, pero también con bordados clásicos; por supuesto, todo hecho a mano por mi madre antes de casarse con mi padre, como parte de sus donas, como es la tradición. La iluminación del lugar es a base de lámparas de petróleo diseñadas con su base en metal y con la parte de arriba de cristal. El piso es de un ladrillo hecho a mano por artistas de Florencia, en Italia, pedido y elaborado especialmente para mi padre, quien es uno de los hombres más ricos y conocidos aquí en la región del norte del país, mi México querido, donde yo nací en cuna de oro, como se dice comúnmente.

¡Qué rico huele en la huerta! En especial, me gusta la fragancia de los azares del naranjo, que además de que embellece el lugar, con sus hojas se prepara el té más sabroso y bueno para mis nervios.

Hoy estoy un poco triste y quise estar aquí por un momento. Y es que aquí me puedo hacer la ilusión de olvidar los problemas que tengo con mi mamá. Pero no puedo estar mucho tiempo, pues pronto notarán mi ausencia y tengo prohibido salir sola. Le dije como siempre a Martina que, si mi padre o mi madre preguntaban por mí, les dijera que estoy tomando la siesta en mi recámara. Y mientras se encuentren un poco ocupados le creerán, pero al poco rato irán a buscarme y no quiero que me castiguen otra semana.

Mi casa es muy grande y bella; fue construida en tiempos de mi abuelo, alrededor del año 1800, y le encargó la realización de la obra a un arquitecto norteamericano cuyo nombre no recuerdo. Sólo sé que la decoración corrió a cargo de un francés llamado François de la Rue Belle, quien vino expresamente para eso. Y aunque en mi casa puedo encontrar todo, materialmente hablando, todo lo que puedo necesitar, a veces me siento como sofocada con tanta disciplina y con tanta autoridad.

Mi hermana Verónica y yo nos queremos mucho y nos entendemos más o menos bien, pero desde hace casi seis meses, cuando se casó, no la he vuelto a ver; primero porque Carlos, su esposo, la llevó de luna de miel a Europa y segundo porque está disfrutando de su reciente vida conyugal.

Mi hermano Rafael se fue a estudiar a la Ciudad de México la carrera de abogado y Hugo se fue a estudiar medicina a la Universidad de Michigan, en Estados Unidos. Y como mi hermanita Beatriz tiene tan sólo 7 años, pues no hay mucho que hablar con ella y me aburro con facilidad. A mis 16 años me siento como con ganas de salir a conocer lugares, de tener amigas, de conocer muchachos, pero mi padre es tan exigente que no es fácil pedirle nada.

Me gusta la poesía, en especial la disfruto si estoy completamente sola, pues no hay como leer en voz alta. Dice mi madre María que a veces no me entiende, pues busco mucho la soledad y me gusta mucho leer. Eso le preocupa porque dice que no tengo edad para saber cuándo una lectura me puede hacer un bien o un mal, por lo que generalmente tengo que leer a escondidas, porque, además, asegura que ese pasatiempo es exclusivo para los hombres, pues vivimos en un mundo donde dominan los hombres.

Hace poco, alguien vino a pasar sus vacaciones con Rafael, mi hermano. Era un compañero de su escuela y su mejor amigo, que se llama Guillermo y es de los Martínez y Martínez de Zacatecas, ricos de abolengo, pues han sido por generaciones los dueños de varias minas, entre otras la de la Fortuna. Lo recuerdo todavía: en una ocasión, cuando nos tomábamos el café toda la familia después de comer, en la sobremesa, comentó su afición por la literatura y, aunque le gustan autores mexicanos y de nuestro continente, también me habló de su preferencia por Shakespeare. Desde ese momento sólo quiero tener en mis manos sus obras. Me regaló *Hamlet,* que es la que traía con él, y quedó de enviarme con mi hermano el *Mercader de Venecia,* que, según me comentó, es su obra preferida. Aunque también me dijo que cualquier obra de ese autor te lleva a contemplar de manera extraordinaria las pasiones humanas, pero, definitivamente, también rescata los valores del ser humano de todos los tiempos.

Creo que desde entonces pienso en Guillermo, aunque sólo en una ocasión, cuando estábamos con los pies adentro del río, solos por un segundo, pues todos estaban ocupados por organizar el día de campo. Me dijo que le parecía muy bonita, que cuando me presentó Rafael con él le pareció ver a una princesa del oriente, con esa belleza y esa exuberancia que las caracteriza. Alabó mis grandes ojos y la profundidad que hay en ellos, mi pelo largo hecho trenza, el sombrero y hasta el vestido que traía puesto. Está todo archivado en mi memoria. Es un feliz suceso. Recuerdo que me sonrojé una y otra vez con su declaración; casi me caigo al río de la emoción y, como padezco de los nervios, tiré varias cosas ese mismo día a la hora de la comida. Estaba feliz, tal vez, pero no conocía esa emoción; era la primera vez que un hombre se fijaba en mí y que tenía atenciones conmigo. Creo que mi hermano lo notó enseguida, pues a partir de ese momento no nos volvió a dejar solos.

Así es que no sé si lo volveré a ver, pero creo que estoy enamorada por primera vez. También por eso me ha dado por querer estar sola para leer y pensar en él, y otras veces me pongo a llorar sin razón aparente; hasta yo me desconozco.

Escucho, de pronto, gritar a Martina y luego le contesto que estoy sentada en el patio en uno de los equipales.

-¡Córrale, señorita Alberta! Doña María va directo a su dormitorio y, si no la encuentra, me va a castigar y hasta me puede correr.

Me paro como un resorte y salgo lo más de prisa que puedo con este vestido que me aprieta tanto el cuerpo y con estos botines franceses que no me dejan avanzar mucho.

-¡Pero, Martina, ayúdame!

Casi me lleva cargando. Lo bueno es que, aunque está delgada, está muy fuerte.

-Alberta, Alberta, ¿dónde estás? -preguntó mi madre y de pronto me ve salir del balcón como si hubiera estado muy distraída y por eso no la escuchaba.

-Mandé, mamá -le contesté.

-Creí que estabas dormida -me dijo ella.

-Sí, pero me levanté hace un rato porque no podía dormir de tanto calor y me fui al balcón a sentarme a leer un poco.

-Es tiempo de que te vayas a hacer tus bordados y que avances en el mantel de gancho que te enseñó tu tía Dolores. No quiero que cuando ella nos vuelva a visitar no lo hayas terminado. Además, leer no es muy recomendable para una mujer, y menos para una jovencita de tu edad, pues le puede invitar a la rebelión y a no ser dócil con su marido, y yo no quiero que cuando te cases te regresen por tus preferencias literarias. Deberías irte olvidando de tus lecturas y ocuparte más en practicar las labores de una señora de sociedad. Te espero en la sala para bordar y después pasaremos a rezar el rosario a la capilla, como todos los días. Me gustaría que te preocuparas por hacer caridades que engrandecen el alma ante Dios y ante nuestras amistades.

-¿De verdad, madre, te interesa la salvación de mi alma o estás pensando en las apariencias sociales?

Mi madre, que ya casi salía de mi habitación, se regresó mirándome como con fuego en los ojos para tomarme de mi trenza con una mano y darme una cachetada con la otra. Me dejó sin sentido. Desperté después y casi entre sombras me regañó.

-Tú vas a hacer lo que yo te diga y basta. Soy tu madre y vas a obedecerme. La próxima vez que te atrevas a contestarme de esa forma te mando con las monjas de la Orden de las Carmelitas Descalzas a Chihuahua y te quedas ahí el resto de tu vida.

Con lágrimas en los ojos, y a medio poder, me levanté con dificultad, dispuesta a hacer todo lo que me había ordenado. El resto del día mi madre estuvo muy cortante conmigo y al llegar la noche se despidió de una manera muy fría. Pero eso sí, había rezado el rosario antes de cenar y bendijo los alimentos, como era la costumbre. Inclusive llegó don Fernando Garza y Garza de manera inesperada, y como es socio de mi padre fue invitado a cenar con nosotros. Parecíamos una familia muy unida y feliz.

A partir de ese día me siento como fuera de lugar, como viviendo en casa ajena. De hecho, trato de molestar lo menos posible y de hacer con mucho cuidado lo que me piden mis padres, pues estoy amenazada por mi madre María. Y si se entera mi padre Alberto, me casa pronto con alguien viejo, pero acaudalado, para seguir siendo una de las familias más ricas y de más prestigio en la región, como ha sido por generaciones, o bien, me envía al convento y me entierra viva. Pero eso sí, ante la sociedad quedarían como los padres más amorosos y piadosos, pues ellos estarían sacrificando su amor filial para que yo me entregue a una vida de santidad; estarían renunciando a mí para entregarme a Dios, un magnífico acto de amor. ¡Perdóname, Dios mío por pensar así de mis padres!

Me gustaría aclarar que, para mí, Dios es la fuente de donde emerge la vida, incluida la mía, es lo que me permite respirar y pensar, amar y realizar todas las acciones, pero creo que es alguien a quien yo puedo amar y siento que Él es sólo amor, no alguien de carácter iracundo que sólo está esperando el momento de que yo haga algo mal para regañarme y luego castigarme. No entiendo por qué los que dicen consagrar su vida a Él nos hacen temerle, pues hay que tener temor de Dios, si no, ¿hasta dónde vamos a llegar como sociedad y como especie? No, no me gusta esa interpretación. Para mí, Dios es mi Padre, el mejor padre, el más amoroso, el más paciente, complaciente y también el más magnánimo. Y sí rezo, pero me gusta más contemplarlo en todo lo que me rodea, en el atardecer, en una noche llena de estrellas, en un amanecer junto al mar, en el río, en los árboles, en las flores, en los alimentos, en fin, en todo lo que veo y también en lo que no puedo contemplar con mis ojos físicos, pero que estoy segura de que es tan bello como todo lo que Él ha creado. Y aunque últimamente no me siento muy bien o, mejor dicho, tranquila y en paz, pues siento un vacío en mi estómago por esta situación tan difícil que estoy viviendo, estoy segura de que Dios está conmigo y que todo será para mi bien.

A veces creo que me equivoqué de familia, pues, aunque son buenos y me proporcionan una vida placentera y en abundancia, según mucha gente que no tiene ni para comer o que, por el contrario, trabaja de Sol a Sol para medio alimentarse, medio dormir y medio vestir y son casi esclavos, siempre están endeudados con el dueño de la hacienda. Mi padre es dueño de varias, así es que cualquiera con poquita inteligencia puede percibir lo que estoy describiendo. Sí, en efecto, no me puedo quejar en ese aspecto. No tengo que hacer nada para seguir teniendo ropa tan bonita hecha por diseñadores contratados para hacer todos mis vestidos ni tampoco tengo que hacer nada para comer las mejores viandas, los más ricos postres y ese café que me prepara mi nana Chole. Voy a las fiestas de las familias más importantes de aquí y de todo México; a partir de mis 15 años me llevan a los principales bailes; conozco a algunos de los intelectuales que están de moda y puedo escuchar a hurtadillas cuando hacen sus reuniones con mi padre y algunos otros señores.

Mi problema es que no soy alguien a quien le gusta que dispongan de su voluntad. No sé hacer algo que no quiero hacer y, sin embargo, a veces tengo que ceder. No es bien visto, por ejemplo, que yo haga comentarios sobre la naturaleza del hombre y de su relación con Dios, que me interese en la búsqueda de la verdad como si se tratara de algo que es asequible y permisible para todos, incluso para las mujeres. Ah, ¿y qué me dicen de la libertad? Es un tema que me apasiona y otro el destino y el verdadero amor.

Si creyera que Dios se equivoca, pensaría que estoy como fuera de tiempo o en algún lugar equivocado, pero no, estoy segura de que tal vez aquí deba de realizar mi misión, que aun ahora no sé cuál es. Debe de haber algún tesoro escondido por aquí y voy a descubrirlo, si Dios me presta la vida.

Un año después, mi madre ha dispuesto que me enseñe a cocinar, por supuesto, las mejores comidas, incluyendo repostería. Mi tía Dolores se vendrá una temporada a vivir con nosotros para enseñarme, y es que todo lo prepara riquísimo y tiene tantas recetas como paciencia.

Ella me quiere muchísimo, es muy cariñosa conmigo y hermana de mi madre, que, a la vez, es mi madrina de bautismo. Aunque ella está educada a la antigua y es tan dócil y yo tan rebelde, ella de todos modos me protege mucho. No es la típica solterona y, por cierto, dicen que estuvo muy enamorada y que ya pedida y prometida por mis abuelos a Manuel, su único novio, un año antes. De pronto, mi abuelo decidió ponerles otro plazo de un año y él, aunque se enojó, por amarla tanto estuvo de acuerdo, por supuesto, en ese tiempo él no podía ir a visitarla. Llegó el término del plazo y cuál fue su sorpresa cuando supo que mi Abuelo se la había llevado de paseo a Europa para que se decepcionara y se olvidara de ella y ella también lo olvidara, y eso porque le llegó el rumor a mi abuelo de que su familia se había ido a la ruina por haber comprado bonos de una empresa ficticia, por lo que decidió que no le convenía a su hija.

Mi tía Dolores no se enteró del rumor en ese entonces, sólo cuando al regresar él la buscó para casarse con ella. Su padre, al darle una negativa como respuesta, también le comentó que ella se casaría con otro, que para él nunca sería. Ella se enteró al poco rato que él se había ido. Al día siguiente él amaneció muerto con un balazo en la boca que le destrozó el cerebro. Al parecer, mi tía quedó como loca por un tiempo. Nadie la vio. La escondieron en una de sus propiedades para que se recuperara de su pena de amor. Mi abuelo, con el tiempo, empezó a tratar de darle más atención a mi tía y trató de disminuir su culpa con regalos, pero nunca le pidió perdón, pues los padres, según he escuchado, no se equivocan. Por lo tanto, no se pueden disculpar con sus hijos, y menos con una hija. Los rumores fueron desmentidos con el tiempo, pero el amor de la vida de mi tía ya estaba muerto y ella viva, pero muerta por dentro.

Nunca pudieron casarla, pues se enfermó de los nervios y eso podía decirse hasta con elegancia, pues eso sólo les pasaba a los ricos; algo así como una enfermedad de lujo. Lo real es que era su máscara para evitar conocer a otro hombre. Ella es una mujer y dice que para una mujer sólo hay un hombre en la vida, y el que le correspondía a ella ya no estaba entre nosotros. Así es que se refugió en la cocina, las costuras y sus rezos.

Ojalá que mi historia no se parezca a la de ella, que yo sí pueda ser feliz.

Hoy llega mi tía Dolores, quien desde hace tiempo estaba viviendo en la ciudad de San Diego, California. Me siento muy contenta y un poquito ansiosa, pues ya quiero platicarle que conocí a un muchacho muy guapo y que creo que estoy enamorada. Además, han sido muchos días de preparativos y de muchos quehaceres en la casa para recibirla. Ya está elaborado el menú para todo el día para cuando llegue como a mediodía: ya se tiene la lechuguilla que tanto le gusta, helada y con muchos hielos, como dice ella, un cóctel de fruta de la estación, piña, melón, sandía, papayo, manzana y jugo de naranja con unos trozos pequeños de canela para el toque dulce de la elegancia; por supuesto, todo servido en la vajilla de porcelana y acompañada de cristalería francesa. ¡Ah! Que no falte el tequila reposado porque en una buena conversación se debe uno acompañar de ese néctar de los dioses, diría mi padre. Para la comida ya se tiene sopa de arroz rojo, chiles rellenos en nogada, patitas de cerdo en escabeche, cecina, puré de papa, frijoles refritos con manteca y de postre un pastel de piña cubierto de chocolate americano, y también un pan de natas que bien se pueden acompañar con café de olla. Para la merienda se tiene preparada una carne asada que se servirá en el patio de junto, en la terraza de la huerta, donde todos podemos disfrutar de la comida y del afecto de la familia. Se mató una res para la carne asada, se hizo un chorizo especial para la ocasión, se cosió nixtamal para hacer la masa para echar las tortillas y se hicieron los quesos para las quesadillas, y que no falte el jocoque, que nos gusta tanto a todos y que donde ella vive no lo puede conseguir, otro placer de los dioses. Hay flores por todas partes… Y se me olvidaba algo: ya se tiene contratado a un mariachi, traído desde Jalisco para esta ocasión tan especial.

Mi madre la quiere mucho, siempre se han visto muy bien y siempre se han apoyado, aunque con vidas tan distintas, se complementan; de hecho, para mi tía Dolores nosotros somos los hijos que nunca tuvo. Recuerdo que la vez pasada me trajo todavía de regalo una muñeca preciosa, de esas que parece que tienen piel de verdad, rubia, de ojos azules y con vestido azul, pero todavía no me fijaba en ningún muchacho. Ahora las muñecas van a ser para mi hermanita Tiz, como le decimos todos a Beatriz. De pronto, escucho a mi madre llamarme.

—¿Dónde estás Alberta?

Y yo salgo a su paso, pues estaba mirando hacia el patio central de la casa.

-Alberta, ¿qué pasa contigo que todavía no estás arreglada?

-Perdóname, madre, pero es que estaba contemplando lo bonita que se ve la casa con tantas flores y pensaba que el día está hermoso, como si supiera que esperamos a alguien importante.

-Deja de decir tantas cosas y apresúrate, quiero verte presentable ya. Quiero hablar contigo antes de que llegue tu tía, necesito pedirte algo. Que te ayude Martina a vestirte y luego que vaya a la cocina a apoyar a Chole y a los demás para que todo esté listo.

Me voy enseguida casi corriendo a mi cuarto de baño y le hablo a Martina, que está en el patio central ayudando a terminar de adornar las mesas para las visitas, pues con motivo de la llegada de mi tía vienen los hermanos de mi padre, Ricardo, Juan y Pedro, con todas sus familias y algunos amigos de la familia, entre ellos el socio de mi padre y algunos conocidos de la Ciudad de México y de Puebla.

Ya bañada me empiezo a poner los calzones largos y las faldillas adornadas con encajes, que previamente fueron puestas en almidón para que pueda lucir más mi vestido de mucho vuelo. Lo que sí no puedo sola es ponerme el corsé, pero Martina me ayuda a ajustármelo. Luego me pone por encima el vestido, que es de seda rosa con aplicaciones de flores en la faldilla y con un ligero velo en el escote del pecho. Enseguida me peina y me hace unos bucles sencillos con la parte de abajo de un molinillo, aplicándome jugo de limón en el pelo para que dure más tiempo mi peinado. Al último, me ayuda a ponerme el sombrero, que hace juego con mi vestido y, por supuesto, es de color rosa, adornado con flores pequeñas como en racimo y tiene un listón con el que se puede ajustar a mi cuello. Además, me da la bolsa que debo llevar pegada a mi codo y, si estoy sentada, debo amarrarla a un listón que se encuentra entre los pliegues de mi falda para que luzca como si fuera adorno del vestido.

-Martina, abróchame mi collar de terciopelo azul violeta con el guardapelo que me regaló mi padre cuando cumplí mis 15 años; dame mi esclava de hilos con el centenario que me regaló mi tía Dolores en mis 15 años. Ahora sólo me falta el anillo que tiene el zafiro incrustado, y préstame el otro espejo para ver cómo me veo por atrás y para mirar cómo me quedó el sombrero. ¿Me veo muy pálida? Dime la verdad.

-No, señorita, pero, si quiere, le pongo un poco de betabel en los cachetes. Mire, sí creo se ve todavía más bonita. Qué sorpresa se va a llevar su tía al verla, ya es toda una señorita.

-Sí, es verdad. La niña quedó atrás con sus muñecas.

-¿Y qué me dice de todos los invitados, señorita? Porque estoy segura de que usted será la envidia de todas sus primas y de todas sus amistades…

-¡Mis zapatos! Ayúdame a ponerme mis zapatos y déjate de tantos halagos, que no quiero que se enoje mi madre de nuevo conmigo. Oye, Martina, gracias por ayudarme en todo; ahora vete a la cocina y yo me voy a la recámara de mi madre para que me vea.

Voy lo más rápido posible con mi madre y al entrar en su cuarto le digo:

—Ya estoy lista, ¡mándeme usted!

Ella, que se estaba mirando al espejo, volteó hacia mí y me dijo que le acercara sus peinetas de carey para ponerlas sobre su chongo. Enseguida las tomé, pues estaban en la mesita de junto al tocador, y se las entregué en sus manos. Luego me dijo, casi de reojo y con cierta frialdad:

—Ya mero termino de arreglarme, así es que siéntate un momento. Tengo algo muy importante que quiero comentarte, es algo que debes saber ya.

Sólo se me ocurrió contestar:

—Sí, madre, como usted diga. Me senté en la salita dentro de su cuarto que había pertenecido a mi abuela materna hecha de bambú blanco, que hacía juego con su recámara de madera de cedro blanco, que tiene un pabellón cubierto de velos de colores pastel traídos desde el oriente, que dan la idea de que quien la usa es una mujer muy romántica. No sé por qué es el estilo de su recamara, bueno tal vez, en la intimidad ella sea diferente con mi padre. Han de ser los tiempos, las esposas generalmente no hacen demostraciones de cariño en público, es más ahora que lo recuerdo, creo que nunca he visto a mis padres abrazarse, hacerse una caricia, mucho menos darse un beso. Algo debe de tener el matrimonio que la gente se sigue casando. Lo que no sé, sólo se me ocurre en este momento, es si el amor y el matrimonio son cosas que se llevan o si cada caso es diferente, bendito sea Dios qué cosas se me vienen a la mente. Me acordé de pronto de una tía de una compañera del colegio, que es muy boquifloja, como que no guarda secretos, ella un día me dijo que ya creceré para que conozca lo que es la vida, pero la real no el cuento de hadas en el que he vivido, no sé qué me quiso dar a entender, pero como que sabe muchas cosas.

De pronto sentí el impulso de tomar una de las rosas rojas que se encuentran en un bello florero de cristal blanco, que está sobre la mesita de centro de la salita, y en ese momento recuerdo a Guillermo, cierro mis ojos como para verlo de nuevo y le doy un beso a la flor, y suspiro tan fuerte, que eso atrae a mi madre y cuando me doy cuenta ella está enfrente de mí ya, y sorprendida se me queda mirando a los ojos de una manera tan escudriñadora que siento terror.

-Nomás falta que ya te hayas fijado en alguien sin la aprobación de tu padre y la mía -me dijo.

Pero yo le contesté que no, que sólo me había llamado la atención la belleza de esa flor.

-¡Pues más te vale, Alberta! Porque, de lo contrario, vas a sufrir mucho. Precisamente, dentro de muy poco vendrán a solicitar formalmente el permiso los padres del que va a ser tu esposo, pues ya alguien te ha elegido y nosotros nos sentimos muy orgullosos de que un hombre de tanta estima entre nuestros amigos haya pensado en ti. Pero no es para eso que quiero hablar contigo ahora, ese será tema de otro momento. Quiero decirte que en lo que resta del día de hoy y durante la fiesta de recibimiento para tu tía Dolores, en la que van a venir muchos invitados de tanta importancia y de tantas influencias en el poder de la región y de la capital misma, necesito que te quedes callada ante las conversaciones de los adultos, y en especial con los hombres. No quiero saber que te entrometes en sus pláticas y mucho menos que te expreses como una mujer libertina hablando de temas como la libertad, la igualdad, la justicia y otros. En el primer momento en que no te comportes como una señorita y que yo me dé cuenta, voy por ti y les pido disculpas a las visitas porque te sientes con una jaqueca insoportable y te llevo a encerrar a tu recámara y no sales en mucho tiempo. ¿Me escuchaste bien y te quedó claro, Alberta?

-Sí, madre -le contesté casi en silencio.

-No te escuché bien. ¿Qué dijiste?

-Que haré lo que tú me pidas -expresé esta vez en voz alta.

-¡Oh, no! ¡Es una orden! Ahora sí salgamos, pues no tarda en llegar tu tía y los invitados ya están casi todos; acompáñame a recibirlos, quiero que demos una imagen de amor y unión familiar -me dijo como dando instrucciones; si hubiera sido hombre, habría sido un buen militar, estoy segura.

Mi padre, al igual que mi hermano Hugo, habían ido por mi tía a San Diego y no tardaban en llegar. Rafael estaba en período de clases, así es que mi padre no le permitió que viniera, pero ya estamos a mediados de junio y el mes que entra podrá venir de nuevo a pasar sus vacaciones.

Beatriz nos encuentra a mi madre y a mí; se ve tan bonita y es un ejemplo de belleza y dulzura; es tan distinta a mí en el carácter. Inclusive, a veces pienso que es un ángel de verdad, pues todo le parece bien, todo lo acepta, siempre está contenta y siempre quiere ayudarnos a todos a hacer algo. Además, como que tiene algo de sobrenatural. Tiene unos ojos azules con una mirada tan profunda que te mira y como que ya sabe lo que tienes, pues en muchas ocasiones antes de que le contara algo ella ya lo sabía; lo noto porque casi nunca se sorprende. Pero de eso nadie habla. Sólo en una ocasión una señora muy humilde llegó a pedirle ayuda a mi madre y le comentó que tener a esa niña era como tener un niño Dios en la familia, que debió de haber llorado en su vientre antes de nacer, a lo que mi madre le contestó con un gran insulto y pidió que la echara el caballerango que andaba por ahí en ese momento. Por supuesto, mi madre no se dio cuenta de que yo estaba escuchando, pues estaba por dentro de la casa; iba a salir a contemplar los helechos que adornan todo el corredor de la casa.

Ahora vamos las tres muy propias y bonitas hacia el salón de fiestas de la casa, a un lado de la sala y con unas ventanas tan grandes que dan al corredor, que está lleno de arcos de medio punto que dan al patio central. Se me ocurre comentarle a mi madre:

-Parecemos lindas muñecas de pastel, aunque tú te ves mucho más grande que nosotras.

Pero por su reacción de enfado me doy cuenta de que otra vez la regué. Estaba por regañarme cuando vimos frente a nosotros llegar a papá, a la tía Dolores y a Hugo, por lo que nos fuimos a darles la bienvenida. Enseguida se empezaron a acercar a nosotros los invitados y mi padre le hizo una señal a los del mariachi, que se encontraban en el corredor de enfrente, y empezó la música y todo aquello se convirtió de pronto en fiesta, una gran fiesta.

Casi enseguida escuché que mi padre le ordenó a Francisco y a Jesús que bajaran el equipaje con mucha discreción y que lo dejaran en las habitaciones de cada uno, además, había que descansar a los caballos del carruaje. Debieron de haberlo hecho así, pues una orden de mi padre no se discute ni se pospone. Es un hombre bueno, pero rudo y generalmente malhumorado. Él no da explicaciones a nadie, si eres su empleado o si eres su hijo, él es el jefe de la familia y con eso basta.

Otra cosa, él nunca dice te quiero y mucho menos te da cariño, físicamente hablando; las caricias se hicieron para la mujer en la intimidad y para nadie más. Además, no es necesario decir te quiero, pues la gente va a creer que se es débil y no querrán hacer negocios contigo. Así se lo enseñó su padre y a mi abuelo, su padre.

Me toca abrazar a mi tía y darle la bienvenida. Me dice al oído muy bajito que me trae un regalo muy bonito y que después de la fiesta me lo entregará; me dice que estoy hecha ya una mujer y muy bonita. No sé cómo, pero de pronto recuerdo la advertencia de mi madre y empiezo a marearme y a sentirme muy triste, pero mi madre me está observando y cambio enseguida mi actitud. Me separo de ella y la acompaño junto con mis padres y mis hermanos a entrar a la fiesta. Pasamos casi todo el día comiendo y escuchando música, además de atender a los invitados.

Ya por la tarde, como a las 5, más o menos, se me acercó un hijo de don Venustiano Garza, un vecino de nosotros; tiene grandes extensiones de tierra dedicadas a huertos frutales, en especial de manzanas, pero también hay naranjas, peras y duraznos. Toda su fruta se exporta a los Estados Unidos porque es de la mejor calidad en toda la región de la frontera. Ese ha sido el negocio de su familia por generaciones. Don Venustiano y su esposa Graciela tienen sólo dos hijos, Carlos y Ernesto. Carlos es el que se me acercó. Es un poco serio para su edad; debe de tener ahora como 19 años. Él es el más chico y dicen que es el preferido de su mamá, pero ahí, como en otras familias, el que manda es su padre, y él prefiere a Ernesto. Ernesto debe de haber cumplido ya los 25 años, pero es tan soberbio y convenenciero que la hipocresía le salta a los ojos. A mí, en lo personal, no me gusta su compañía.

-Alberta, Bety, ¿cómo has estado últimamente? ¿Cómo está la mujer más bella del rancho La gloria del cielo? -me dijo Carlos cuando se me acercó.

Me hice la desentendida y le contesté:

-¿Te refieres a mí?

-Pues claro que sí. ¿Acaso ves a otra mujer tan bella como tú por aquí?

-Cómo has cambiado, Carlos. Antes no hablabas y cuando lo hacías me hacías bromas y me jalabas las trenzas y a veces hasta me hacías llorar. ¿Te acuerdas?

-Mi linda Bety, eso quedó en el pasado. Ahora es diferente, ya crecimos, y mucho -me lo dijo mirándome de arriba para abajo, como si me viera por primera vez.

De pronto me sentí incómoda y traté de alejarme diciéndole que mi madre me necesitaba, pero él no me dejó, pues se puso frente a mí, impidiéndome el paso. Yo me sonrojé toda porque no sólo se me puso enfrente, sino que quedó muy cerca de mí. Pude percibir un olor a colonia, era como una fragancia de maderas, y casi sentí su corazón latir.

-¿Aceptas bailar conmigo?

-¡No! -le contesté enseguida-. ¡No puedo ahora!

-¿Te puedo ver más tarde a solas? Si quieres, podemos vernos atrás del patio a la hora de la cena, camino al arroyito, junto al roble.

-¡No, no iré! Y hazte a un lado o llamo a mi mamá.

-Si te arrepientes, ahí voy a estar. Adiós, linda flor del campo, la más hermosa de todas.

Casi salí corriendo de ahí cuando de pronto choqué con mi mamá, pero no supe que era ella, así es que me disculpé por mi torpeza y mi descuido, pero que le voy viendo la cara y casi me desmayo del susto.

-¿Se puede saber dónde estabas, Alberta? ¿Y por qué venías tan de prisa?

-Estaba en el comedor viendo que todo estuviera bien para la comida. Todo está bien dispuesto, mamá.

-Pues no quiero que vuelva a suceder que de pronto no te vea cerca de mí o de tu hermana. Se me hace de pésimo gusto que las hijas anden perdidas por no sé dónde, pues dan la impresión de ser mujeres fáciles, de esas que no tienen nombre ni familia y que jamás la tendrán. Pero tú eres mi hija y vas a casarte bien, así es que pórtate como lo que eres: una mujer decente que vendrá a ser una de las mujeres más ricas e importantes de toda la región.

Sólo pude contestar:

-Sí, mamá, claro que sí.

Ella me pidió que caminara delante de ella y fuimos a saludar a todas las amistades como si se tratara de una presentación en sociedad, como cuando cumplí mis 15 años. Todo mundo me chuleó y habló de la suerte que tendría el hombre que me eligiera por esposa, pues era tan bonita, tan dulce, tan refinada... Yo por dentro pensaba que ni dulce ni refinada. Tenía mucho carácter, era muy rebelde y cuando me enojaba usaba las palabras de Martina, que es un lenguaje muy vulgar, aunque ellos tenían la suerte, y yo también, de que nunca me habían escuchado hablar así. Y es que en estos tiempos tu virtud está en permanecer callada y, si hablas, sólo puedes hablar del estado del tiempo y de vestidos, y a veces también de lo bonito que hace las misas el párroco del pueblo y de que ya está por hacernos el honor de regresar a visitarnos el señor obispo.

En cambio, las conversaciones de los hombres son distintas. Platican sobre sus borracheras, de su despilfarro de dinero en jugar baraja, en apostar en las peleas de gallos o en las carreras de caballos. Además, por supuesto, de sus amoríos con alguna de las prostitutas del pueblo o de una pasada aventura con alguna mujer cuando fueron de viaje de negocios a otro lugar. Hay algunos tan cínicos que se burlan de sus supuestas caridades para ayudar a los pobres y pueden analizar fríamente cuántas son las ganancias que les proporciona el casi matar de hambre a sus trabajadores, como si fuera algo para presumir. En fin, hacen alarde de todos sus excesos, como si eso les diera mayor presencia en la sociedad. Además, tienen sus dichos que transmiten de generación en generación. Uno de ellos lo escuché alguna vez a mi abuelo: "Los ricos siguen siendo ricos por generaciones y sólo algunos dejan de serlo y otros ingresan en ese club, pero hay muy pocos cambios. La vida es como un libro abierto y predecible".

Aunque hay que reconocer que vivimos en un lugar muy hermoso, con mucha abundancia, con buenos principios morales, y los que se salen de los principios o son expulsados del grupo social al que pertenecen o lo esconden mintiendo y haciendo arreglos para que eso se borre, aunque a veces eso sea una nueva vida. Un hijo nacido fuera de matrimonio, por ejemplo, o se regala al nacer o se da en adopción a alguien más de la familia, aunque todo el tiempo y toda la vida todo el mundo conozca la verdad. En algunos casos, hasta son capaces de hacer que la mujer aborte para que no avergüence a la familia, para que su pecado quede casi desaparecido, aunque quitarle la vida a alguien es más pecado que regalarlo, creo yo.

Precisamente, hace poco me enteré de algo así y sentí mucha pena por ella, pues al tratar de que expulsara al bebé se desangró y murió, cuando ella era hija única y su pecado fue enamorarse de alguien distinto a los planes de su padre. Pero, aunque todo el mundo se enteró, guardaron las apariencias, llevándose el cuerpo ya muerto a otra de sus propiedades en otro estado, sólo para venir a decir que le había dado un infarto y que no lo había resistido y había muerto y que allá mismo la habían enterrado. El cochero que los llevó, aquí entre nos, es novio de Martina y le platicó a ella que el cuerpo ya apestaba, por lo que por todo el camino se vomitaron su padre y su madre, y que, además, el carruaje iba regando líquidos del cuerpo ya putrefacto. Cuando llegaron a su propiedad era casi de madrugada y le ordenaron a uno de sus empleados que fuera a buscar al Dr. Castellón, el matasanos del pueblo, pues Angélica, su hija, venía muy mal de salud. También le ordenaron al encargado de la hacienda que les dijera a todos los demás empleados que no salieran para nada hasta que don Fernando les mandara avisar, que estaban muy preocupados y que no querían ver a nadie.

Por supuesto, al llegar el doctor descubrió que Angélica estaba muerta y se dio cuenta de que le practicaron un mal legrado y que llevaba por lo menos 24 horas de haber fallecido. Le hicieron jurar que no diría nada y le pidieron que extendiera un certificado de defunción con un paro cardíaco como causa de muerte. Al principio no estuvo de acuerdo y hasta se quiso salir de la habitación, pues era un hombre recto y de buena conciencia, pero don Fernando le comentó que, si no accedía a ayudarlos, lo echaría del pueblo diciendo que era un impostor y un médico perverso y que lo enviaría a la cárcel el resto de su vida. Tuvo que ceder, pues estaba casado y tenía 4 hijos de entre 7 y 14 años, los cuales adoraba y temió por su bienestar, pues don Fernando tenía fama de no tener escrúpulos y tener mucha influencia en el gobierno y mucho dinero también para comprar a las autoridades, además de ser una persona malvada. Ese día, el doctor, al hacer lo que don Fernando le exigió, dejó de tener su conciencia tranquila, pues había sido obligado a mentir en algo tan vil. Habían matado a una niña y sólo tenía escasos 15 años, los había cumplido dos meses antes.

A los pocos días, todavía durante el novenario de Angélica, a don Fernando se le ocurrió mandarle un regalo para mostrarle su agradecimiento al doctor Castellón con el novio de Martina, por cierto, lo envió con toda la discreción. Sin embargo, cuando llegó a su casa a buscarlo nadie salió y alguien que pasaba por ahí le comentó que ya no vivía en esa casa, que hacía como tres días que se había ido a vivir a otro pueblo, donde le platicaron que le iría mucho mejor. Cuando regresó Genaro a llevarle la noticia a su patrón, éste se enojó muchísimo al principio, pero después como que reflexionó y ya con la mente fría exclamó que aquella situación era lo mejor para todos, pues no volverían a ver al doctor, que ya más tranquilo se le ocurriría algo para dejarlo en el pasado "enterrado". Más adelante, ya con el tiempo, don Fernando inventó que le habían llegado noticias de que el doctor había muerto. Habló sentidamente de él y de su magnífico desempeño, como si se tratara de la pérdida de un gran amigo. Qué hipocresía, pensé yo, pues me tocó escucharlo y yo ya conocía la verdadera historia.

Única hija, pero aun así, al muy poquito tiempo, unos tres meses tal vez, sus padres se veían tan contentos, como si no la hubieran querido. Todavía después de muerta no le perdonaban lo que había hecho y les parecía poco, muy en sus adentros, el castigo que había recibido. Por lo visto, no entienden a Dios como un Padre amoroso y misericordioso, sino como un ser implacable que sólo está esperando a que cometas el más mínimo error para castigarte y demostrarte quién es el que tiene todo el poder. Estoy segura de que es una muy mala interpretación de Dios, pues si nos dio la vida y somos sus hijos amados y todo lo que nos rodea lo hizo para que lo disfrutemos con Él, obviamente, no estamos hablando del mismo ser. Yo sé que Dios es amor y que me ama muchísimo y que, si alguien me entiende, es Él.

Por lo que les acabo de relatar me da asco esa clase de gente, pero hay que tratar con ellos porque son la sociedad a la que pertenece mi padre y a la que pertenezco yo. Ah, pero eso sí, van a misa todos los días, le dan muy buenas limosnas al párroco del pueblo y rezan el rosario también todos los días en sus casas antes de cenar, además de que hablan de Dios y recitan algún salmo de memoria en el momento más oportuno, dependiendo de si es boda, bautizo o funeral.

Algo me regresa a la fiesta, pues me doy cuenta de que mi madre me está gritando.

-¡Alberta! ¿Qué pasa que no le contestas a la señora Garza?

Y yo, que estoy frente a ella, me disculpo por mi distracción.

Enseguida me vuelve a preguntar:

-¿Ya conoces a la nueva costurera que viene de los Estados Unidos?

Y yo le respondo que no. Me dice que hace una ropa preciosa y que, además, vende todo tipo de accesorios en su casatienda, como listones para el pelo, sombreros, zapatos, bolsos y tiene un exquisito gusto para elegir las telas, y como viene de Nueva York, de donde es originario su esposo, conoce lo más reciente de la moda. Me encarga que le insista a mi madre para que me lleve a conocerla, a lo que respondemos las dos al mismo tiempo que sí y le damos las gracias.

Ya fue la cena en el comedor principal y ya es hora de tomar el café y el postre. Todos se ven muy contentos y complacidos con la fiesta, tanto invitados como mi tía Dolores y mis padres y Beatriz, mi hermana pequeña. De pronto, alguien, creo que es el sr. Montes de las Delicias, toca el tema de la esclavitud y sus ventajas económicas; comenta que, aparte de todo, quedan los dueños de las plantaciones como los seres más bondadosos y generosos, pues alimentan a sus trabajadores y a todas sus familias. Se le ocurre hacer una horrible comparación con el sistema de haciendas que se practica aquí, mofándose de que aquí con el sistema de las haciendas también puedes aprovecharte de los trabajadores; esto a través del establecimiento de las tiendas de raya, pues les pagas el salario que quieres y, además, les vendes los artículos que necesiten a como se los quieras dar, pues generalmente son analfabetas y los obligas a comprar muy caro, explotándolos así en el trabajo diario y también a través de la tienda de raya.

-Y, bueno, otros tienen plantaciones de algodón y otros tenemos pobremente nuestras haciendas. Bien por la generosidad de sus señores dueños, o sea, nosotros.

Todos levantan su copa para hacer un brindis, como felicitándolo por tan brillante discurso.

Me enfurecí de tal forma que me paré de la mesa y le dije:

—Señor, yo no creo que lo que usted dice sea digno de alabanza, y menos que merezca brindarse por algo tan malvado.

Pero enseguida mi madre voltea a verme y me toma del brazo, diciendo que me siento mal y que por eso fui grosera, que me disculpen todos por mi atrevimiento. Me sacó de ahí casi a empujones, en medio de un gran silencio y de mi llanto, que brotaba como agua en un manantial. Me llevó a encerrarme en mi cuarto y antes de irse me dijo las siguientes palabras:

—Sobre aviso no hay engaño, yo no amenazo en vano. Te lo advertí y me desobedeciste. Trata de descansar esta noche, pues los mejores tiempos para ti ya se acabaron. Olvídate de paseos, buenos vestidos y abundancia; no te quiero cerca de mí ni de mis amistades. ¡A más tardar te irás de esta casa en una semana!

Me lo dijo con tal tono de solemnidad y de autoridad que no pude sino sentir miedo de ella y por lo que me esperaba en el futuro. Sentí mucha tristeza, pero no me arrepentía de lo que había dicho. Sin embargo, irme a vivir a un convento, ingresar a la vida religiosa… No, no tenía esa vocación. Nunca pensé que me pudiera suceder esto. Es más, ahora tengo mucho miedo. Sólo Dios sabe por qué voy a pasar por esto. No obstante, conocía a mi madre y sabía que no iba a retractarse, ella no sabía perdonar. No sé qué le pasó que la dejó marcada de esa manera, pues era cruel, muy cruel. Alguna vez pensé que no era su hija, pero sí lo soy. Debieron de haberle hecho mucho daño en su niñez, tal vez, pues conmigo y con mis hermanos es muy estricta, inclusive a veces más dura que mi padre.

Como a los cinco minutos de que se había ido regresó y me comentó:

-Otra cosa, Alberta. No volveré a dirigirte la palabra a menos que estemos delante de otras personas.

Al terminar de decirme esto se dio la vuelta y cerró la puerta de nuevo. Efectivamente, nunca me volvió a dirigir la palabra. Desde esa noche quedé prácticamente huérfana.

De pronto, escucho de nuevo al mariachi. Me imagino que seguirá la fiesta casi hasta el amanecer. Quisiera desvestirme para ponerme mi bata de dormir, pero estoy muy cansada y triste, así es que me voy a dormir como estoy, al cabo, en el convento no voy a necesitar esta ropa.

Empiezo a rezar con lágrimas en los ojos y le platico a Dios que no sé qué me sucede con mi mamá, que no entiendo nada, que, aunque la quiero y que sé que me quiere, en momentos como este me siento como adoptada o como la hija no deseada. Le pregunté:

-¿Dios mío, tú me quieres así como soy?

Y vuelvo a llorar, pero con el consuelo de que alguien como Él me quiere, y me debe querer muchísimo. Ahora le rezo a San Martín de Porres y le pido que me ayude, por favor, que me muestre el camino, le digo que estoy metida en un gran problema y que no sé qué hacer. Ojalá tuviera tu humildad para sentirme bendecida por Dios, para sentir que este cambio en mi vida significa lo mejor que me puede suceder. Dedicarse a la vida religiosa debe significar el ocuparse de las cosas que realmente valen la pena, pues es lo único que acortará nuestro camino al cielo. Pero no soy como tú y no quisiera entrar al convento, sin embargo, si eso es parte del plan de Dios, pues guíame y que se haga su voluntad en mí. A San Martín de Porres le tengo mucha fe, y es que, además, es el santo patrono de mi pueblo. Ya casi dormida suspiro y me acomodo entre los brazos de mi Padre Dios, pues en días como este le pido que me cargue.

A partir del día siguiente a la fiesta, mi madre se porta muy seria conmigo y me comunica que está arreglando todo para que me vaya al convento, que voy a estar encerrada ahí por lo menos un año, que, si no cambio mi actitud, profesaré de manera definitiva, esto es, tomaré los votos perpetuos, y que ella se encarga de que me quede allí el resto de mi vida. Estoy muy asustada, pues, conociéndola como la conozco, sé que lo hará.

Una semana más tarde viene a mi recámara y me ordena que empaque mis cosas más personales y algo de ropa, de la más sencilla que tenga, pues a donde voy no necesito ropa elegante. Me avisa que saldremos al día siguiente. Ella me acompañará junto con mi padre, pues necesitan firmar algunos papeles para depositar mi custodia en manos de la madre superiora y, además, deberán pagar la dote económica establecida por la Orden de las Carmelitas Descalzas para que sea aceptada.

Capítulo 2

Mi vida en el convento

Nos levantamos en la madrugada para tratar de llegar a Chihuahua como a las 11 de la mañana, al rancho donde habitan las monjas carmelitas, que se encuentra a las afueras de la ciudad. Tenemos que estar ahí al mediodía.

Amaneció lloviendo, así es que durante todo el camino hubo truenos y hasta granizo. De repente, se veían unas luces en el cielo que me hacían temblar de miedo. Parecía que se iba a abrir la tierra bajo nuestros pies, y temía que fuera algo así como un aviso de que mi situación se iba a poner todavía peor. Como si pudiera existir algo peor a hacer algo que tú no quieres hacer.

Después de tanta tormenta y de tanto camino recorrido entre tinieblas, y después bajo una espesa niebla, llegamos al convento. Al verlo pensé que, si este lugar no iba a ser mi tumba, bien podría ser un preludio de mi muerte. Creo que mi madre me observaba mientras pensaba eso y, como si adivinara mis pensamientos, me jala hacia ella y me conduce hacia un portón grande de madera al lado de una alta barda de piedra. Toca mi padre y se asoma una monja por una ventanita pequeña de metal. Mi padre le da los buenos días. Luego le pregunta:

-¿Podemos entrar a ver a la madre superiora? Venimos de Casas Pequeñas, del Rancho la gloria del cielo.

Le pide que esperemos un momento y cierra de nuevo la ventanita. Poco después nos permite pasar a los tres y casi enseguida se dirige a mí con una sonrisa y con una dulzura digna de un ángel.

-¿Vienes a quedarte?

A lo que yo contesto que sí, pero con tristeza. Ella me dice que no me preocupe, que todo es para nuestro bien y que Dios prueba a aquellos que lo aman. Por supuesto, casi todo me lo dijo en voz muy baja, por lo que mi madre no me llamó la atención.

Después de caminar por algunos pasillos llegamos a la oficina de la madre superiora, que ya nos estaba esperando en la puerta para recibirnos.

-Qué gusto de verla de nuevo -le dice mi madre y la saluda con afecto y enseguida se dan un fuerte abrazo, como si se tratara de alguien que conociera de mucho tiempo.

Mi padre la saluda después con más seriedad y más formalidad y hasta entonces me presentan con ella y le comentan algo que no olvidaré mientras viva:

-Ella es mi hija Alberta de quien tanto le hablé. Es una niña extraordinaria y excepcional, modelo de recato y de dulzura, que, a pesar de ser tan joven y bonita, quiere entregarse a la vida santa, a la contemplación de nuestro Padre Dios. El mundo de afuera no representa para ella ningún interés y está decidida a venir a vivir con ustedes, con la esperanza de ser aceptada algún día de manera definitiva. Quiere tomar sus votos perpetuos; su sueño es ser realmente esposa de nuestro Señor Jesucristo. ¡Ah! ¿Y qué me dice de las obras de caridad? Es tan generosa con todas las personas y le encanta hacer oración y le gusta la soledad y el silencio.

Hubieran visto la cara que puso la madre superiora, algo así como que había encontrado en mí un modelo perfecto de virtud y de santidad, por lo que luego luego aceptó que ingresara en el convento.

Al escuchar todas esas mentiras sentí mucha tristeza y mucha angustia, pues mi madre se estaba deshaciendo de mí, y tal vez para siempre. Estaba sola en el mundo y donde más se debía de hablar con la verdad se estaba mintiendo vilmente.

La madre superiora en ese preciso momento sonó una campanita de metal y alguien entró a ponerse a sus órdenes. Le dijo a Mary del cielo que me enseñara el recinto mientras ella hablaba con mis padres y que me mostrara la que de hoy en adelante iba a ser mi celda, y que me indicara también cuáles serían mis actividades de ahora en adelante, pues venía a quedarme.

A partir de ese momento no volví a ver a mis padres ni a nadie de mi familia. Han pasado ya seis meses y siempre hay excusas para que no me visiten.

Aquí en el convento vivimos alrededor de 20 personas, todas ayudamos en las tareas domésticas, aunque a mí me corresponde ayudar en la cocina, en especial cuando viene a visitarnos el reverendo Martín, quien es el encargado de tomarnos nuestra confesión y de oficiar las misas. Me han dicho que este lugar está patrocinado por las almas buenas de Chihuahua y de sus alrededores, aunque también cuentan con bienhechores en la Ciudad de México, en Zacatecas y en otros estados. Además, para ingresar se entrega una dote, ya sea en dinero o en especie, y lo demás se deja en las manos de la Divina Providencia, que nunca nos abandona.

Más de alguna vez hemos tenido que sufrir por la escasez de algunos alimentos, pero como cosa milagrosa, me consta, de pronto llega alguien disque enviado por algún señor rico, trayéndonos víveres. En esos momentos me siento muy querida por nuestro Señor, y es que yo estaba acostumbrada a comer los mejores manjares o a no comerlos si no se me apetecía, podía darme ese lujo, pero nunca supe lo que era tener hambre y no tener qué comer; siempre tuve de todo en abundancia, incluyendo quien me sirviera.

Y es que hay que agregar que el convento tiene su reglamento y ciertos días debemos hacer ayunos para mortificar el cuerpo, ofreciendo a Dios nuestros sufrimientos para pedir perdón por todos nuestros pecados y también por los pecados del mundo entero. Dicen que es mejor sufrir aquí en la Tierra muchos años que sufrir eternamente en el purgatorio o en el infierno.

Aquí me mencionan mucho a una santa, su nombre: Santa Teresa de Jesús. Dicen que fue la fundadora de esta nuestra orden religiosa y que su lema era sufrir o morir. Por cierto, ella veía a Dios en uno de esos estados llamados de éxtasis; ella tenía lo que llaman arrobamientos del espíritu. Sí debió de ser una gran santa, pero esa era la vocación a la que Dios la había destinado para que lo sirviera. Me cuentan que siempre estaba enferma, pero aun así era dichosa de ofrecerle cualquier sufrimiento a nuestro Señor y dejó constancia de su vida escribiendo su autobiografía. Ella es una de las representantes del misticismo de esos tiempos, del siglo XVI. Su literatura es representativa de esos tiempos y de su país de origen, que es España, pero también fue famosa en todo Europa. Era un ejemplo de vida. Ya me dijeron que más adelante me va a tocar leer sus obras, que le hará mucho bien a mi espíritu, pues es un delicioso alimento para mi alma tan atormentada por mi ego que no se da por vencido, que no se vuelve dócil ante la voluntad de Dios. Y ojalá que sí me lo presten y que lo entienda, además, para ser mejor, pues hasta ahora, aunque me cuesta mucho reconocerlo, estoy un poquito enojada con Dios por tenerme enclaustrada aquí.

Se hace mucha oración también, además, nos levantan desde muy temprano. Aquí empiezan nuestras actividades desde las 5 de la mañana. Yo creo que sí es lugar para santos, sí es camino de perfección, pero para almas más avanzadas que la mía.

Vale la pena mencionar que, hasta este momento, sólo conozco una compañera que es pobre y que no pagó nada por ingresar al convento, pero se comprometió, a cambio, a hacer todo tipo de quehaceres para permanecer aquí. ¿Y saben qué? Ella está realmente aquí porque desea hacerlo. Ama tanto esta vida de quietud y de sacrificio y dice unas cosas tan bonitas. Más de alguna vez he llorado con ella. Es muy buena persona, ella sí es una santa.

Otras, la gran mayoría, están aquí como yo, a la fuerza, aunque después algunas le encuentran lo positivo a estar aquí. Otras parecen muertas vivas; ya perdieron toda esperanza de salir. A otras ya se les casó el que ellas querían y viven muy tristes aquí, pero lo prefieren a salir porque creen que se burlarán de ellas o sus padres las casarán a la fuerza con un viejo rico; prefieren vivir en el olvido de un monasterio que se convierte en una tumba previa.

Desde hace unos días llegó a visitarnos una señora muy bonita y amable. Al parecer es hermana de un jerarca de la Iglesia. Vino a traernos regalos a todas y a pedirnos ayuda para sus niños pobres, y pidió permiso a la madre superiora para que dos de nosotras la acompañemos a visitar a familias pobres. Me da la impresión de que es una persona muy triste y que se siente muy sola, como si una gran pena la hubiera marcado para siempre, pero tiene una imagen tan bonita y dulce que, a pesar de todo, sigue ocupándose de ayudar a los demás. Debe ser un ángel.

El convento te absorbe mucho en sus quehaceres y tenemos una capilla muy linda dedicada a la santísima Virgen María, donde puede uno contagiarse de esa paz que el mundo no entiende con sólo mirar sus ojos. A veces me siento muy sola en este mundo de paredes altas y de tanto silencio, entre tanta gente extraña para mí, o por lo menos tan nueva en mi vida, que me gusta ir a platicar con la Virgen. Le platico que nunca pensé que ingresar al convento me cambiaría tanto la vida, que, aunque todavía no asimilo por qué Dios me trajo aquí, cuando estoy frente a su imagen siento que también ella me está mirando y descubro en mí sentimientos de bondad que antes no había conocido. Al mismo tiempo, me inunda algo así como una oleada de paz y percibo en la capilla un rico olor a rosas que me sensibiliza hasta el nivel del llanto, donde no puedo más que terminar dándole las gracias por haberme traído a este lugar.

Sin embargo, mi corazón todavía tiene un dolor muy grande. Más de alguna vez he pensado que tal vez tenga las costillas rotas, pues me duele desde la cintura y abarca todo el pecho y la espalda. Y tengo una tristeza que pareciera que estoy sintiendo la pena de toda la humanidad, como si de pronto Jesucristo viniera a consolarme, pero, al mismo tiempo, quisiera que compartiera por unos momentos con Él este sufrimiento de todo el mundo. Pero eso no puede ser cierto, pues Él es el hijo de Dios, nuestro Salvador, y yo sólo una humilde alma, que de humildad no conoce más que el nombre, pero, bueno, soy muy poca cosa.

Quisiera comprender que Dios tiene un plan para mí y que el que yo esté pasando por esta situación y que sienta este gran dolor lo ha permitido porque hay algo que yo debo aprender, o simplemente porque en el lugar donde estaba no iba a realizar aquello para lo cual me ha prestado la vida.

De todos estos pensamientos que se me vienen a la mente últimamente es de lo que le hablo también con la santísima Virgen, pues a mi Padre Dios le platico y con Él reflexiono siempre que estoy a solas mientras cocino o cuando estoy en mi celda. Creo que voy a terminar descubriendo mi misión aquí en el convento.

Estoy todavía muy enojada con mi mamá porque pareciera que se quiso deshacer de mí, como si yo no fuera su hija, como si no le doliera estar lejos de mí. Pero ya le dije a Dios que me quite ese rencor que le tengo a mi mamá y que, si aquí lo sirvo mejor, pues que me ilumine, que me inspire para saber para qué sirvo y, sobre todo, que vuelva a tener alegría de vivir para realizar con amor lo que vengo a hacer, que no mire a los demás sin amor y que los vea con amor para que pueda perdonarlos. Y es que siento que mi familia se deshizo de mí como si yo no les importara. Creo que no soy mala, sólo un poco respondona y no sé ver las injusticias y quedarme callada. Dios mío, por favor, ayúdame a comprender que todo lo que me sucede es parte de un plan divino. Déjame llorar contigo cada que me sienta triste y dame fortaleza para seguir adelante en el camino que tú elijas para mí, aunque fuera muy doloroso.

También es justo reconocer que este lugar ha traído algunas cosas buenas para mí, pues sin tanta abundancia y sin lujos me he sentido consolada y amada por los demás, pero no quisiera estar en el lugar equivocado.

Como Tú sabes, Señor, antes de entrar aquí me enamoré y mi sueño era casarme y tener hijos, como la mayoría de las mujeres. Pero la vida me dio una revolcada y ahora estoy en un lugar distinto y ya no sé dónde voy a quedar, aunque yo quisiera casarme todavía y dejar esta vida de ahora. Me llevaría, por supuesto, los buenos momentos, los buenos recuerdos y cultivaría la paz de mi alma. Creo que no nací para esta clase de vida.

He tratado de sobreponerme a esta dura prueba y Tú lo puedes ver, me estoy adaptando, pero no nací para estar encerrada en un lugar rezando todo el día, trabajando todo el día en la cocina o en el huerto del convento, y menos pensando que todo lo que se hace afuera de este lugar es pecado, pues no estoy de acuerdo.

Ayúdame, por favor, madre mía, santísima Virgen; tú que recibiste al hijo de Dios y que lo protegiste siempre y lo ayudaste a realizar su misión, acompáñame en todo momento y dame una señal de cuál es mi misión.

Sí quiero servir a Dios, pero no en la vida monástica, sino en un matrimonio cristiano, teniendo mi propia familia y apoyándola en su desarrollo espiritual con mucho amor.

Me salí de la capilla confortada, confiando en la bondad y la infinita sabiduría de Dios y en la protección de la santísima Virgen, segura de que me enviaría la señal que le estaba pidiendo.

A medida que transcurría el tiempo, Isabel, la hermana del obispo, platica más conmigo que con las demás y parece que tiene mucha influencia aquí, pues me dan más tiempo libre para ayudarla en sus actividades de caridad. Al parecer, se va a quedar una larga temporada aquí en el convento, y es que dicen a ella le hace mucho bien el silencio, la vida tranquila y también ocuparse de hacer buenas obras. Debe de tener alrededor de 35 años, tiene una piel muy blanca casi color de rosa, es muy delgada, mide alrededor de 1.60 metros y tiene una cabellera rubia larga que casi siempre la trae hecha una trenza. Usa un sombrero muy bonito de color azul cielo y le gusta vestir de color blanco, algo parecido al hábito, pero más cómodo y fino. Parece una virgen, es muy bonita e inspira mucha paz y también compasión.

Hoy, estando en la cocina, Isabel se sintió mal; de estar parada de pronto se sentó. Al parecer se mareó y después se fue a acostar un rato a su cuarto. Al día siguiente le pasó lo mismo y entonces le quise preguntar qué tenía. Sólo me dijo que no lo entendería. Le dije que llamaran al doctor que nos viene a ver a nosotras y me contestó que su problema no lo resolvía un doctor. Debió de sentirse muy mal porque casi enseguida empezó a llorar muy tristemente y me acerqué como queriendo consolarla. Después de un rato de llorar me dijo que tenía un problema muy grande y extraño, que le habían hecho un daño con magia negra para que se muriera, que poco a poco se sentía peor, sin poder hacer gran cosa. Y es que pertenecía a una familia muy rica y su hermano era muy importante en la jerarquía eclesiástica del país, tanto que tenía influencias hasta en el Vaticano.

Ella quería mucho a su hermano y cuando su madre murió hace algunos años se había ido a vivir con su hermano, pero la envidia de algunas personas la empezó a enfermar. Además, cuando rechazó a un hombre de poder en Zacatecas comenzó a estar siempre con malestares, como mareos, vómitos y dolor de cerebro, principalmente. Isabel me dijo que su hermano le pidió que fuera a ver a una de esas personas que ayudan a sacar "males" y a partir de entonces va de un lado a otro.

Yo estaba como petrificada, pues nunca había escuchado algo así. Sin embargo, le dije desde dentro de mi corazón que Dios le devolvería su salud, que tuviera fe, que a veces las pruebas son duras, pero que es lo mejor para nosotros y para nuestra misión en la vida. Se sintió fortalecida por un instante con mis palabras, lo pude ver en sus ojos, y, además, le dije que le prepararía un té de manzanilla, que eso la haría sentir mejor. Ya en confianza le pregunté si alguna vez se había enamorado, pues no son pláticas comunes del convento. Es más, hay algo así como una ley no escrita, pero sí respetada, que se siente en el aire, de no hablar de tu vida pasada porque al entrar a este lugar se supone que dejaste atrás todo lo que viviste para comenzar una vida nueva, donde Dios y sus enseñanzas deben ser comprendidas para aplicarlas en el mejoramiento de las condiciones de los pobres o, por lo menos, llevarles con amor un mensaje de esperanza y de fe en los momentos de prueba. Pues, aunque extrañada por la pregunta, me respondió que sí, pero que él estaba ya muy lejos de su vida, que tal vez no lo volvería a ver. Me lo dijo con lágrimas en los ojos, como recordando de pronto una historia muy dolorosa que todavía corría por su sangre y que le había dejado el corazón con una cicatriz muy grande.

-¿Te decepcionó ese hombre o algo así, Isabel?

De pronto me miró con ternura, como pensando que era yo muy joven para entender esas cosas, por lo que sólo me contestó:

-Es una historia muy larga, mejor otro día te la cuento.

Ese día recordé mucho a mi hermanita Tiz, quien, al parecer, tiene el don de curar de esos males a las personas. Aunque mi madre se ha encargado de mantenerlo en secreto, Beatriz me contaba muchas cosas que veía; decía que cuando una persona se ponía frente a ella podía saber todo lo que hacía antes y después, si era buena o si era mala. Incluso algunas personas le producían miedo, no porque pudieran hacerle algo, sino por lo que veía que les hacían a las demás personas, que generalmente eran de sus amistades más íntimas. Algunas de ellas van al templo sólo para hacer cosas malas: cuando van a comulgar no se comen la hostia, sólo la guardan en su boca, y cuando pueden la sacan para utilizarla después para hacer ritos satánicos. El agua bendita también la usan para hacerle daño a las personas. En fin, ella me contaba muchas cosas. De pronto, como que estoy recuperando un archivo mental que creía perdido. Entre otras cosas, pueden pedirte prestado un suéter y es sólo para usarlo para fregarte, pues luego te lo regresan y cuando te lo pones comienzas a enfermarte. A mí una vez me dijo que tuviera mucho cuidado con ciertas "amigas" y con ciertos muchachos, pues hay algunas personas que con la sola mirada te pueden dañar.

Me comentaba Beatriz que se sufre mucho teniendo ese don de Dios, pues ve cosas muy feas, como robos, asesinatos, cómo separan a las personas que se quieren, cómo llevan a algunas personas a la ruina y otros hasta te mandan a la tumba, si así lo quieren esos malvados. Dice ella que, si supiéramos las cosas que hacen esas gentes y detectáramos quiénes son, de seguro que no los dejaríamos entrar a nuestras casas. Pero como eso no lo pueden ver todas las personas, los invitamos a pasar y hasta les platicamos nuestros proyectos más importantes, no digamos que se sientan a comer con nosotros en nuestras mesas.

¡Ay! Ojalá que Beatriz viniera a visitarme y que pudiera curar a Isabel. Cómo me gustaría que la pudiera ayudar. Estaba pensando eso cuando me avisan que la madre superiora quiere verme enseguida, por lo que me voy casi corriendo, pues tuve un mal presentimiento.

Cuando entro a su oficina me dice que tiene que darme una noticia muy importante y también muy delicada. Se trata de mi hermanita Beatriz. Al parecer, se encuentra grave y quieren que vaya a verla, pero que iré sólo si ella se pone más grave, pues el reglamento del convento no permite salir de ahí sino hasta después de un año, por lo que me pongo muy triste y salgo de su oficina llorando.

Mientras voy de regreso a la cocina a seguir haciendo la comida, me tropiezo con Isabel y me pregunta qué me pasa y le platico de la noticia que acabo de recibir. Ahora ella me pide que tenga fe en Dios, que mi hermanita se pondrá bien y me ofrece que, si en algo me puede ayudar, por favor, no dude en pedírselo, que ella en estos pocos meses en que le ha tocado conocerme me ha tomado un especial cariño, como el que siente una madre por una hija.

Luego sigo caminando muy despacio y muy dentro de mí quisiera irme a mi celda para llorar largamente, pero me encuentra la hermana Armida y me dice que esto no es un lugar de placer, que hay que trabajar, y duro, que vaya a continuar haciendo mis labores cotidianas, como si nada hubiera pasado. Y que no se me olvide que tenemos que comer, independientemente de los problemas de cada una de las religiosas del convento.

Era siempre tan dura esa monja que lo único que se me ocurre pensar es que, tal vez, le habían hecho mucho daño, o era muy bondadosa, pero alguien abusó de ella y ahora tiene colocada una máscara para evitar que la vuelvan a hacer sufrir, porque aquí en el convento es como un militar fuera de lugar. Pero, bueno, ¿quién soy yo para juzgarla? Mejor voy a rezar por ella, pues aquí dicen que no se puede odiar a alguien por quien se hace oración, según decía San Francisco de Sales, el santo de la amabilidad.

Llegué a la cocina y preparé sopa de arroz, un poco de pollo con verduras, agua fresca de jamaica y de postre vamos a comer un pedazo de pan dulce para cada uno, pues nos trajeron a regalar ayer un picón no muy grande, por cierto. Ah, pero con esta hambre que siempre traigo atrasada todo me sabe a gloria. Eso sí, se debe de contar que uno aquí sí le dedica mucho tiempo a nuestro Señor Jesucristo, mi bendito Jesús, mi mejor amigo, el que nunca tuve allá afuera en el mundo.

Me parece de pronto que, con esto de ocuparme de preparar la comida, que, por cierto, aquí me enseñaron lo que sé, no tuve tiempo de pensar en Beatriz, así es que deseaba que llegara la noche para pedirle a Dios con todo mi corazón y con toda mi concentración por ella, y es que era tan pequeña y tan buena… No podía morir, pues me haría mucha falta. Mi cariño por ella era tan grande que durante la noche creí verla acercarse a mí y darme un fuerte abrazo. Debí de haberlo soñado, casi estoy segura, sin embargo, no entendí por qué me hizo algunos encargos y me pidió que me quedara con el don que Dios le había dado al nacer; le preocupaba no haberlo puesto al servicio de los demás. Si bien sabía que no era fácil para una familia como la nuestra entenderlo, había sido cobarde al no usarlo. Me hizo prometerle "en ese sueño" que yo me quedaría con el don a partir de ese momento y que lo iba a utilizar en bien de todos. Me encargó que no tratara de juzgar a nuestros padres por todo lo que le habían evitado vivir y hacer. Además, me contó que yo, algún día, cualquier día, vería en todos los que me rodean sus verdaderas intenciones y sus actos buenos o malos. De pronto, todo se iluminó y salió del corazón de ella un rayo de luz color esmeralda para entrar en mi corazón; era algo así como una luz muy cálida, pero al mismo tiempo me cimbró con mucha fuerza. Casi enseguida me llegó una gran paz. En el mismo sueño cerré mis ojos, como si estuviera muy agotada. No sé cuánto tiempo después me despertaron para que fuera a ver a la madre superiora. Me levanto rápido, me visto y salgo corriendo casi con lágrimas en los ojos, pues siento que algo muy malo ha sucedido.

Por fin veo a la madre y me pide que me siente, pues tiene algo muy importante que comunicarme. Me dice que ha llegado un nuevo mensaje de mi casa para avisarme que es urgente que regrese, pues Beatriz se agravó de repente y ya dijo el doctor que no hay esperanzas. Siguió dándome información precisa, pero yo ya no la escuché. Sólo sé que quieren que vaya a despedirme de ella. Así es que me pide la madre superiora, llamada, por cierto, Francisca Teresa, en honor a los dos grandes santos, que empaque inmediatamente todas mis cosas, pues es muy probable que ya no regrese al convento.

Al terminar de darme esas noticias, creí desmayarme, pues me temblaba todo el cuerpo. Sin embargo, enseguida salí de ahí. Me sentí desesperada, muy angustiada, hasta hubiera querido salir corriendo del convento, pero de pronto como que tuve la sensación de estar entre nubes y, al mismo tiempo, frente a mí se me reveló la verdad. Pude entonces contemplar la escena final, comprender en ese estado de "trance" que Beatriz, mi pequeña Tiz, ya estaba muerta. Tenía por lo menos 8 días de que había fallecido, pero nadie mandó por mí entonces; era una voz dentro de mí la que me estaba proporcionando esa información ahora. Se me permitió entrar en la escena; debió de ser Dios quien me otorgó este regalo maravilloso. Pude estar junto a ella y mirar su hermosa cara llena de paz antes de morir. Yo ahora comprendía que ella era como un ángel de la curación.

Al parecer sufrió mucho al principio de su enfermedad y durante varios días, pues Beatriz sintió que con el poder que tenía no había hecho nada, que había sido como tener la medicina que lo cura todo, encontrar al enfermo y no proporcionarle la medicina. Tuvo el elixir de la vida y lo enterró en su cuerpo para siempre, como si se tratara de algo vergonzoso, cuando era un don divino, un tesoro para compartir con los demás. Pero una voz interna, que para ella ya era muy familiar, logró borrarle ese sentimiento de culpa y le aseguró que no tenía de que preocuparse, pues había logrado compensar con amor lo que no hizo con su don. Sin embargo, le encargó depositar ese poder en otra persona antes de morir, en alguien que, a su parecer, fuera capaz de enfrentar al mundo entero con tal de hacer un servicio a la humanidad, que se olvidara de ella misma con tal de cumplir una misión encomendada desde el cielo.

En este momento me entero de que ella me eligió a mí; hizo algo así como una transferencia de misión. Cuando una noche creí que había soñado a Beatriz, en realidad, la estaba viendo, y es que había venido al convento a despedirse de mí y darme el regalo de Dios que ella había recibido al momento de nacer. Ese don, se me dice ahora, con seguridad cambiará mi vida.

De pronto, como despertando con dificultad de un largo sueño, descubro que voy llegando a mi casa de nuevo. Mientras veo la hacienda a lo lejos, veo a mi madre sentada en la silla mecedora. Está vestida toda de negro, pero elegantemente arreglada, haciendo como que reza un rosario a la Virgen de Guadalupe, pero en realidad está deseando que ya pase el tiempo para salir de viaje con mi padre, como lo tenían planeado antes de que se enfermara Beatriz. Y es que los viajes dan idea de la clase social a la que perteneces, y a ella le gusta que todas sus amistades la ubiquen como de una clase social, la más alta, donde la gente asocia las penas con la intimidad de una gran propiedad, la más lujosa, por supuesto, y a salir de compras, ya sean de ropa, muebles o arte, para sobrevivir a un gran dolor.

Veo que mi madre no le perdonó nunca a Beatriz tener un don que, ante la gente, es algo que se debe esconder, pues si las personas enferman y les informan que sus síntomas corresponden a los de alguien a quien han dañado con brujerías o que alguien les hizo un maleficio y se enteraban del don de mi hermana, entonces hubieran ido a buscarla para pedirle que las curara y serviría a gente harapienta, ignorante y maloliente, y eso sería muy desagradable y hasta cierto punto humillante. ¿Y qué iban a decir sus ricas amistades? Sería una vergüenza para todos. Aunque lo que mi madre nunca pensó es que eso también le pasa a la gente rica y culta, pues, si les echan una maldición, quedarán tan pobres y enfermos como los demás. Y mi madre, que se codea con la sociedad más elegante y rica de la región, no podía permitir eso.

Ahora que lo pienso, yo nunca escuché eso de labios de mi madre, pero, curiosamente, ahora la estoy viendo en su silla mecedora y lo supe como intuitivamente. Ojalá que algún día sepa por qué no me quiere a mí tampoco, aunque lo importante ahora es guardar el secreto del don que Beatriz me heredó y que usarlo debe ser lo más importante para mí a partir de ahora.

De pronto, se detiene el cochero y al abrir la cortina de terciopelo roja de la ventanita del carruaje veo que llegaron mi padre y mi hermano, ambos a caballo, para recibirme. En cuanto puede, mi padre me da la noticia de que mi hermana murió hace 8 días y que está enterrada en el panteón de la familia. En ese momento me desbordo en llanto, pues, aunque lo sabía, no lo quería creer. Mi padre me abraza como nunca me había abrazado, aunque luego me retira, como recordando que eso lo puede hacer verse débil a los ojos de mi hermano. Luego me abraza mi hermano Rafael como si sintiera que soy su tabla de salvación; ha sufrido tanto últimamente, ha estado tan apartado de todos... Y él que es muy sensible. Tiene una especie de gripa de nervios, se ve que no ha dormido casi nada, que ha llorado en silencio durante muchas noches y que ha dejado de comer y de tener tranquilidad. Sé que terminó con su novia, además, ya no vive en México en la misma casa de huéspedes y reprobó algunas materias. Todo le ha salido mal desde hace como un año. Entre otras cosas, me mandaron al convento y, como él no había podido venir a la fiesta de mi tía Dolores, teníamos más de un año sin vernos. Y ahora estaba muerta nuestra hermana pequeña que tanto queríamos, con la que tanto jugábamos.

Hugo seguía estudiando en Estados Unidos. Casi no venía, pues siempre estaba ocupado con su futuro. Y mi hermana, la casada, se ocupaba sólo de su marido; no le ha ido bien en su matrimonio, pero ha guardado muy bien las apariencias. Pero, bueno, con ella no hemos tenido muy buena relación de hermanos, más bien ha sido distante y fría con nosotros. Ella se entiende más con Hugo.

Abracé fuerte a mi hermano, como queriendo que sintiera también a Beatriz. Nos separamos todavía llorando y entonces mi padre me pide que trate de ser buena con mi madre, pues ella está muy triste y está casi irreconocible.

-La muerte de Beatriz le ha conmovido al extremo de parecer ausente -me comenta casi en secreto, muy bajito, al oído.

Le prometo a mi padre que lo haré.

Mientras llegamos a la casa, me doy cuenta de que, aunque todo el campo está muy verde y la naturaleza en general se ve preciosa, siento como si estuviera en un lugar extraño, en un mundo al que no pertenezco, en un mundo raro.

Luzco un largo vestido de satín negro con cuello redondo de encaje que se ciñe casi hasta el comienzo de las quijadas; es de manga larga, como de tul muy fino. Además, traigo guantes de un material muy delgado, pero también muy fino. Tengo puesto en el pecho un crucifijo que me regalaron en el convento casi al ingresar el año pasado, y en mi cabeza llevo puesto un sombrero discreto, en color beige, con adorno de flores que asemejan violetas; lo tengo amarrado con un moño de listón ancho color violeta. Mis zapatos son beiges y traigo medias gruesas del mismo color de los zapatos. No traigo ni gota de pintura en mi cara.

De pronto, me siento como muy fuera de lugar, y es que hace mucho tiempo no veo a mi madre ni estoy en la casa y cambié tanto en estos meses que estuve en el convento que no sé cómo será mi vida desde ahora.

Tengo sueño, me siento muy agotada por el viaje y quisiera dormirme por lo menos un mes. Al poco tiempo de haberme quedado dormida en el carruaje, me despiertan, pues ya llegamos al rancho.

Hay mucha gente esperándome y todos están muy tristes, empezando por mi madre a quien veo a través de mi ventanita del carruaje, pareciera que envejeció 30 años de repente. Mi padre se le acerca a mi madre para darle consuelo, le dice que tiene que ser fuerte, que yo ya estoy aquí. En ese momento veo venir a mi tía Lola y a mis demás hermanos, quienes están vestidos de riguroso luto. No puedo dejar de notar que todos los amigos y conocidos de mis padres se encuentran aquí también, pues poco a poco comienzan a salir de la sala y de toda la casa. Me extraña, pues ya pasaron varios días de la muerte de Beatriz.

Capítulo 3

Desnudando el alma

No sé qué le voy a decir a mi madre cuando tenga su rostro frente a mí. No sé qué pasa, pero no han abierto la puerta del carruaje para que yo descienda y salude a todo el mundo.

Termino de pensar en esto cuando veo que mi madre se asoma por la ventana del carruaje; tiene sus ojos hinchados de tanto llorar. Ahora me doy cuenta de lo bonita que es, pero también de lo triste que se siente. Está desconsolada. Sin embargo, en vez de pedirme que me baje del carruaje, se voltea a mirar a todas las personas y les suplica que la dejen a solas conmigo. La ayuda mi padre a subir el escalón y se sienta junto a mí, pero no me abraza, sólo me ruega que la escuche y, si es posible todavía, que la perdone por todo el sufrimiento que me causó durante todos estos años, en especial en estos últimos meses en que me encerró en el convento. La escucho sin entender, pues siento que, aunque no ha sido buena conmigo, ella es buena. De hecho, más de alguna vez he pensado que muy dentro de su corazón tiene guardada una gran tragedia, pero que tuvo que esconderla para seguir viviendo en esta sociedad clasista a la que ha pertenecido siempre, que se caracteriza más por la pompa y la falsa alegría que por la honestidad y la sinceridad de las personas, donde puede haber personas y familias muy unidas y con una relación de amistad ejemplares, pero existen en mayor número las personas que destruyen a alguien, si descubren que tiene un pasado vergonzoso.

De pronto, descubro a mi madre con lágrimas en sus ojos. Me dice que quiere confesarme algo para que trate de entenderla y para que pueda perdonarla.

-Alberta, niña preciosa, la mejor que pude tener, la más fuerte y la de más buen corazón, tanto que te envié al convento para alejarte de mi vida. Te dejé de dirigir la palabra e hice todo lo posible por hacerte desdichada, y aun así estoy segura de que en tu corazón no me guardas rencor. Sí, yo sé, primero te enojas, explotas, pero después te gana el perdón. No sé si lo recuerdes, pero así eras desde que eras una niña. Perdóname, Alberta, pues todo lo hice porque tú no eres mi hija. La verdad es que sólo eres hija de tu padre, pero de eso tú no eres culpable. Por eso hoy, poniendo a Dios como testigo, quiero sincerarme contigo. Te voy a contar toda la historia tal cual como ocurrió, te la voy a narrar como si se la estuviera contando a mi mejor amiga; necesito hacerlo, me lo pide a gritos mi conciencia, pues el guardar este secreto por tantos años me carcomió el alma, como si le hubiera puesto ácido. Yo creo que por eso perdí mi paz interior para siempre y la alegría de vivir se transformó en amargura. Y amarga a los demás quien está amargo, pero yo me ensañé contigo. Que Dios me perdone. Cuando ya habían pasado varios años de estar casados, él se volvió a encontrar al amor de su vida, una mujer a la que él quiso siempre, sólo que ella era pobre. Y como él era rico y yo también, sus padres lo obligaron a casarse conmigo, pues, desde que éramos niños, nuestros padres habían hecho el compromiso para que siguieran nuestras familias y nuestras fortunas unidas. Yo, aquí en secreto te lo digo, también me enamoré de otro hombre cuando era joven; lo quise mucho, pero mi costumbre de vivir bien y de pertenecer a la mejor sociedad me hizo alejarlo de mi vida; no era pobre, pero con él hubiera tenido que vivir de su trabajo solamente. Y aunque él era un abogado talentoso y con mucho porvenir, contaba en ese tiempo con poco patrimonio. Como su familia no tenía nuestra posición económica ni siquiera había esperanzas de que algún día mejorara nuestra situación a la muerte de sus padres. Y, yo que estaba acostumbrada a todo tipo de comodidades, decidí rechazarlo para que alguien de mi clase social me desposara. Lo irónico de esto es que nunca pude olvidarlo. Aun ahora en la soledad de mi cuarto y cuando hago oración siempre le pido a Dios por él, y deseo de todo corazón que él sí me haya olvidado. Te digo otra cosa: al poco tiempo de que lo terminé se fue a vivir a la Ciudad de México y no volví a saber jamás de él. Antes de un año me presentaron a tu padre o, mejor dicho, volví a encontrar a tu padre, ya que nos habíamos tratado desde que yo era muy niña. Él me gana por 12 años, así es que yo era muy niña y no recuerdo cuando él se fue a estudiar a la Universidad a California. Y es que tu abuelo quería que se preparara bien en el manejo de negocios para dejarlos a cargo de tu padre. Y así fue, pues, como puedes ver, es su brazo derecho. Y es que tus otros tíos salieron o artistas o derrochadores, no había elección para tu abuelo, si quería seguir conservando su gran capital. Gracias a Dios, desde que tu padre se ha hecho cargo de los negocios de tu abuelo el capital se ha incrementado y tu padre siempre está a su lado. Aunque, aquí entre nos, tu padre siempre ha sentido que no lo quiere, pero cuando tratan los negocios se hace a la idea de que sí lo quiere porque le pide su opinión y en otras situaciones hasta le deja tomar las decisiones más importantes. Y, bueno, cualquiera puede ver, y así ha sido siempre, que el consentido de tu abuelo es tu tío Ricardo. Y es que, además de que se parece mucho a él físicamente, es muy elocuente con él, generalmente lo adula y, aunque nunca le ayudó en los negocios a tu abuelo y siempre lo ha hecho gastar muchísimo, sobre todo en viajes, le recuerda con su valemadrismo a ese espíritu inquieto y romántico que alguna vez habitó en tu abuelo cuando era joven. Y, bueno, hay que reconocer que es un buen poeta; no le ha dado premios a tu tío, pero siempre ha sido aceptado en los mejores círculos literarios del país y de otros países, incluyendo Estados Unidos. Y, bueno, tal vez esa sea su misión en esta vida, y tu abuelo ha sido su mejor patrocinador. Después de casi un año de que fui novia de tu padre me casé con él, creyendo que, si no era la mejor elección, sí correspondía a la persona que cumplía mejor con mis expectativas de vida. Era un hombre rico, apuesto y me había elegido a mí, lo cual agradó a mi ego y me cerró los ojos para no pensar en las cosas más esenciales. Por supuesto, tanto a su familia como a la mía les pareció que era la realización de un largo sueño acariciado por ellos, hasta creyeron que era una bendición de Dios nuestro matrimonio; mi madre lo creyó hasta el último día de su vida y mi padre sospechó algo antes de morir, pero nunca me hizo ningún comentario. Los padres son así. Por lo menos, con las hijas hay temas tabúes. Tu padre y yo casi desde el principio llegamos a construir una buena amistad y me hacía sentir muy bien, pues me mostraba un gran respeto, inclusive me dejaba opinar cuando estábamos a solas. De alguna manera, el haber estudiado al otro lado de la frontera lo había hecho más liberal, más respetuoso de la inteligencia de las mujeres, sin embargo, ya en fiestas sociales yo siempre ocupé el lugar de la digna esposa, o sea, de la mujer abnegada y callada que sólo se ocupa de procurar la felicidad de su marido. Curiosamente, no nos sentíamos bien cuando estábamos en la intimidad de nuestra alcoba, así es que, como era de esperarse, al poco tiempo comenzó a visitar lugares para tener relaciones con otras mujeres y desahogar así sus pasiones. Con el paso del tiempo fue percibiendo que yo no lo amaba, que mi entrega no era la de la mujer enamorada de su esposo, sino de un fantasma. Como que eso le dolió mucho, pero su ego no le permitió reconocerlo y nunca me reclamó. Así es que dejamos pasar la vida, comencé a tener hijos y nuestra situación comenzó a desesperarme, pero me decía a mí misma que yo había elegido el dinero y no el amor. Por tanto, me descubría cada vez más vacía. Como a tu padre no se le puede contestar ni contradecir en nada, comencé a ser más rígida y me convertí en una mujer amargada. Pero la gota que derramó la copa fue cuando llegó a la casa en una noche de otoño, casi al final de noviembre, para decirme que alguien con quien se había acostado estaba embarazada y que a más tardar en seis meses iba a nacer la criatura. Esa noche tuve una gran pelea con él, nunca lo voy a olvidar. Ah, por cierto, me dijo que la mujer se iría del pueblo a otro lugar a tener al bebé y que eso quedaría olvidado para siempre, que no volvería a tratar el asunto conmigo. Me comentó, además, que para evitar problemas y para acallar los rumores de su infidelidad nos iríamos de viaje los dos a Europa. Y, por supuesto, me ordenaba discreción. A partir de esa noche le agarré mucho coraje y le tengo mucho resentimiento a tu padre, pues no le perdono que me haya traicionado y que, además, me haya dejado en ridículo, pues yo sabía que algún día se descubriría la verdad. Como fue planeado por él nos fuimos de viaje por una buena temporada. Pero al regresar, dos semanas antes del nacimiento de ese bebé, alguien llegó a preguntar por él y mandó a que le avisaran. El hombre que llegó no dijo su nombre, sólo me dio una contraseña que, al parecer, tu padre entendió enseguida, pues luego vino a atenderlo. Desde que lo vio, tu padre me pidió que me retirara y, en cuanto me salí, cerró la puerta de su oficina. No me dio oportunidad de espiar, pues estuvo todo el tiempo cerca de la ventana viendo hacia el corredor y tenía toda la vista para detectar si alguien se acercaba. Por eso me imaginé que era algo importante. Pero llegó la noche y no me dijo nada, y en los siguientes días estuvo muy nervioso y corajudo, pero también muy pensativo. Pero a los pocos días me pidió que lo acompañara, que me subiera al carruaje. No me dirigió la palabra durante todo el trayecto, ni siquiera me informó a dónde íbamos. Al fin, llegamos frente a una casa grande y algo descuidada y me pidió que entrara con él a esa casa. Alguien nos abrió la puerta principal casi enseguida y yo creí que ya sabían de su llegada porque, casi sin preguntar, nos indicaron una habitación a unos cuantos pasos de la entrada. Cuando estábamos ya frente a la habitación me informó con una voz muy baja que el bebé ya había nacido, que se trataba de una niña, pero que su madre biológica murió en el momento del parto; quería que nos la lleváramos y la presentáramos como nuestra hija. Además, tuvo que confesarme que la madre no era una prostituta, sino el amor de su vida. Me confesó que habían sido amantes desde hacía varios años y que, por lo tanto, esa niña la quería tener a su lado, pues era producto de un gran amor. Y aunque él no era tampoco el amor de mi vida, sí le había sido fiel y había tratado siempre de complacerlo y de ser una buena compañera en su vida. En ese momento me di cuenta de que el dinero no hace la felicidad, que sacrificar el amor en aras de la comodidad es el peor error que puedes cometer en tu vida. Pero ya había errado mi camino y había que pagar con humillación mi elección. Entendí mi papel en su vida y sin renegar acepté llevarme a la niña, o sea, a ti, Alberta. Ese mismo día te llevamos con nosotros y fue fácil para tus hermanos creer que habías nacido durante el camino al otro pueblo, y, en el caso de los sirvientes, los hicimos jurar que nunca revelarían el secreto de tu nacimiento. En cuanto a la sociedad, en general, no fue muy difícil que nos creyeran que habíamos tenido otro hijo porque en ese tiempo la maternidad era algo de lo que no se hablaba mucho. ¡Perdóname, Alberta! Pero yo te odié desde el primer día, pues eras el fruto del amor de tu padre hacia la única mujer a la que él ha amado en toda su vida. De hecho, desde la muerte de tu madre, tu padre se volvió un hombre con mucha tristeza y con mucha soledad que aparentaba estar en el mundo con nosotros, pero que muy dentro de su corazón deseaba que mejor se hubiera muerto él. Sobra decir que cambió conmigo: se volvió más amigo, pero menos pareja en la intimidad. Con los años, se transformó casi en mi hermano, pues desde que nació Beatriz no volvió a tocarme como mujer. Lo único que le pedí a cambio de tenerte fue que no tuviera preferencia por ti nunca, que, aunque quisiera abrazarte y consentirte, jamás lo hiciera, pues ese día sabría la verdad todo el mundo. Eras tan bonita..., más bonita que mis hijas, y a mí me daba mucho coraje que todo el mundo me lo dijera. Y si es respecto al carácter, tú eras muy berrinchuda y orgullosa, pero no quisiera yo algo porque tú me lo dabas y me hacías cariñitos y me decías: "Te quiero mucho, mami". Y, aunque poco a poco te fuiste ganando mi corazón, siempre llegaba un momento en el que veía en tus ojos y en tu expresión a esa mujer y de nuevo te alejaba de mí. Y es que tienes sus mismos ojos; alguna vez miré su fotografía. Dios sabe que no es nada fácil vivir algo así, pero ahora entiendo que fue más difícil para ti. Tal vez eras un ángel que venía a endulzar nuestras vidas y a llenar tantos vacíos de nuestras almas, a enseñarnos que la vida es una bendición y que hay que agradecer a Dios por darnos tanto. Sólo que con nuestros conceptos, la mayor parte de ellos heredados y casi siempre tatuados en nuestra piel desde que nacemos, vivimos como historias repetidas de nuestras madres y abuelas, como si se tratara de un gran círculo que no deja de girar y que cuando menos esperamos se trata de nuestra vida, de nuestro nombre. Esa es la única diferencia. Deberíamos hacer la elección, pero, a menos que investiguemos la historia de nuestros antepasados y detectemos sus errores y sus aciertos, sus alegrías y sus tristezas, sus búsquedas o sus tibiezas, no podremos decidir si queremos continuar con el legado, si es que no nos gusta el final de la historia, y comenzar a vivir nuestra propia vida con la certeza de que, aunque tengamos también errores, tendremos a favor el hacer lo que queremos. Creo que sólo hay dos opciones para vivir la vida: amor o dinero. Con el amor, imagino yo, aunque haya limitaciones económicas, puedes ser feliz, porque la felicidad debe ser como un puerto tranquilo y hermoso donde lo importante es que sepas cómo se llega hasta ahí. Pero, si eliges el dinero, como en mi caso, no necesariamente hay amor y no necesariamente hay felicidad. Los que tienen mucho dinero saben que se pueden comprar casi todo, incluido el placer y el deleite, pero tarde o temprano han descubierto, para su desgracia, que el dinero sólo compra cosas materiales y hasta personas, pero no valores como la lealtad, la fidelidad, la sinceridad y mucho menos el amor verdadero. Tal vez jamás sabrán lo que es eso, y es que el amor no se compra, sino que nació para regalarse a quien se ama o para recibirlo de quien nos ama de verdad. ¿Puedes creerlo, Alberta? La vida me lo demostró a mí.

Capítulo 4

Un encuentro... El perdón

Seguía escuchando la confesión de la que hasta hace un rato creía que era mi madre y, aunque me habían dolido tantas cosas y tantas situaciones por las que sufrí por su culpa, en ese momento, aunque atónita, no pude dejar de sentir pena por ella. A ella le había tocado la peor parte en mi historia, pues deseó irse lejos y no enfrentar el problema, pero sus prejuicios, y también lo que creía que era su conveniencia, la hicieron quedarse y seguir al lado de mi padre. Yo creo que ella es una buena persona y que eso la hizo permanecer y criarme como su hija.

Ahora no sé qué hacer o a dónde iré después de su confesión, pero en un solo instante he comprendido demasiadas cosas. Deseo perdonarla por todo lo que me hizo, pues también hubo cosas buenas en mi vida. Para empezar, pude ser aceptada en una familia y amada por sus integrantes; me alimentaron, me proporcionaron una educación y me presentaron ante la sociedad para que algún día llegara a formar parte de ella y llegara a ser una esposa respetable con una familia también respetable.

Ahora sé por qué ella era tan dura conmigo, pero ahora entiendo que fue blandita. Yo misma no sabría qué hacer en su lugar. Estoy, hay que reconocerlo, muy sensible, con mis pensamientos hechos una revolución y un poco triste, pero también dichosa de conocer la verdad. Ojalá todos, algún día, sepamos la razón de la actitud de algunas personas que nos rodean. Así posiblemente sería más fácil perdonar, pues lo más probable es que tratemos con personas que aparenten ser malvadas y atrás de esa actitud se encuentren personas bondadosas a las que alguien dañó fuertemente en el pasado. Tal es el caso de mujeres o hombres amargados, que qué daño hacen a la sociedad, quienes, ante todo, se hacen daño a ellos mismos; todo porque tal vez no lloraron en su momento, porque no se dieron permiso de desahogar su tragedia. Y digo tragedia porque tal vez para otra persona no lo sea, pero para el que lo vivió sí lo es y hay que limpiarse de las penas. Lo que se queda adentro de nosotros, y que es doloroso, se llega a convertir en veneno que tarde o temprano nos matará. Se vale llorar y encerrarse en un cuarto por un tiempo, lo merecemos. Siempre hay gente buena a nuestro alrededor que se encargará de proporcionarnos los alimentos y, sobre todo, la soledad que necesitamos para nuestro desahogo. En realidad, todos podemos madurar con las adversidades, pero sólo si las lloramos, las reflexionamos y les damos un espacio en nuestro corazón, como si se tratara de un armario con lugar para colocar expedientes con número y letra.

También encontraremos gente que no estará de acuerdo con vivir nuestro duelo, pero eso no nos debe de importar, pues se trata de nosotros, de nuestra salud física y mental y después de la salud física y mental del grupo humano al que pertenecemos.

Va mi perdón para todos aquellos que no me han entendido y que no me han tratado bien, pues sólo ellos saben lo que han sufrido en sus vidas privadas.

Ahora entiendo por qué de verdad sólo Dios puede juzgarnos, y es que sólo Él sabe la razón de nuestras actitudes. Ojalá que a partir de hoy comience a no juzgar a los demás y trate de ser buena con todos, pero primero conmigo misma, porque alguna vez escuché que no se puede dar lo que no se tiene. Suena egoísta, pero no lo es. Si tú eres feliz, eso es lo que vas a compartir con los que te rodean, por tanto, si tú estás frustrado, eso mismo llevarás a los que están cerca. Puedes ser la medicina o el veneno, la tristeza o la alegría, la honestidad o la mentira. La elección es tu responsabilidad.

De pronto, escucho una voz muy agradable con un sonido ni alto ni bajo y me toma de sorpresa, aunque no me asusta. Se trata de un hombre de barba blanca, ojos muy azules y tez casi color rosa. Aunque aparenta tener alrededor de 90 años, sus ojos reflejan la sabiduría de la eternidad. Interrumpe mis pensamientos, me da la bienvenida a casa, se pone feliz y casi de manera instantánea me siento también feliz.

-Me gustó tu reflexión; ojalá lo entendieran todos mis hijos cuando están en encarnación, pero en tu caso lo hiciste mientras estabas en la transición de tu cuerpo físico al espíritu, así es que se toma en cuenta en tu evolución. No te imaginas lo importante que es perdonar, que no es otra cosa que ponerse en el lugar del otro y entender que, con base en sus conceptos y sus vivencias, no podría haber actuado de otra forma. Por eso se cometen errores, pero son sólo eso, errores. Les hace falta más compasión y comprensión. El amor lo resuelve todo, es el eslabón perdido de todos los tiempos y lo único que funciona para curar cualquier mal o cualquier tristeza. La clave de su regreso a la casa del Padre. Por eso cuando la gente ama de verdad se siente plena, contenta y saludable; no hay mejor momento para su vida. Todos pasan por momentos difíciles, eso es parte de la vida, de la evolución y, por supuesto, de la obtención de la sabiduría; tus hermanos a veces olvidan lo importante que es y creen que es cosa de monjes o de gente desorientada, pero no es así, es lo que une el conocimiento en un todo, es lo que los hace recordar quiénes son: mis hijos.

-Padre, quiero pedirte perdón por todos mis errores. Siendo tu hija no me porté como tal, y creo que debes juzgarme y luego estaré dispuesta a recibir el castigo que me merezca, inclusive si tiene que ser eterno.

-¿De verdad crees que yo puedo juzgarte y luego enviarte a un sufrimiento eterno y seguir llamándome Dios, tu Padre bueno y amoroso?

-No me suena lógico, pero así me "enseñaron", aunque yo dudé de esa versión, pues siempre pensé en ti de una manera más cercana a como te puedo ver ahora. Bueno,

pero sí tuve errores. ¿Qué puedo hacer para ya no come-
terlos? -le respondo.

-Estudiar mientras regresas de nuevo y, sobre todo,
amar todo lo que te rodea, aquí y allá. Y, cuando tú lo
decidas, regresarás para intentarlo de nuevo. Si te vuelves
a equivocar, aprende a perdonarte y luego a perdonar a los
demás. La experiencia sólo se obtiene en ese planeta Tierra,
y aquí lo sabes todo porque aquí compartes mi espíritu
y una dimensión espiritual. Y otra cosa muy importante:
aquí eres amada inmensamente y el tiempo no existe. Pero
la Tierra se compara con una escuela. Si tú vas a estudiar
algo, es necesario hacer una evaluación, lo que ustedes
llaman exámenes. Pero esto no es una escuela, aquí nadie
hace ni tareas ni exámenes, pues no es necesario cuando
tienes acceso a todo el conocimiento o a toda la verdad,
como la llaman ustedes.

-¿Puedo pedirte por la que acaba de ser mi familia en
esta vida?

-Claro que puedes, pero no es necesario. Ellos seguirán
haciendo su mejor esfuerzo y avanzarán, y lo harán las
veces que sea necesario y mientras ellos quieran. De todos
modos, la muerte de un ser querido los marca para siempre,
los obliga a hacer un alto en sus vidas y puede ayudarlos
enormemente a avanzar. Aunque no todos aprovechan
la oportunidad, pues también hay quien retrocede o se
estanca. Pero yo te digo que, en general, la muerte, el
nacimiento de un hijo, perder un gran amor, quedar en la
ruina económica y un revés en la vida son las situaciones
que más sabiduría les proporcionan y los acercan más a
mí; sin que con esto quiera decir que el sufrimiento sea la
situación en la que más me agrada verlos, pues también en

los momentos de gran felicidad pueden conocer el éxtasis, y en el éxtasis pueden sentirme tal cual soy, o por lo menos acercarse a lo que yo soy y yo siento eternamente. Esa es una bella sensación, como lo describen ustedes, pero para mí es el estado del ser en el que quisiera encontrarlos de manera más cotidiana. La felicidad no les hace daño, por tanto, no deben de tener miedo de ser felices, sólo es cuestión de olvidarse del tiempo y, a veces, hasta de los conceptos preconcebidos. El mundo no va a desaparecer porque ustedes disfruten de su felicidad, no los va a hacer irresponsables, al contrario, ojalá que todos fueran felices más seguido, pues con los talentos que les he proporcionado a cada uno harían de ese mundo algo más cómodo para vivir, más sencillo de habitar. Por supuesto, deberá de haber una transición, algo así como una señal de despegue para que se reubiquen en lo que les gusta hacer. Es tan fácil saber en qué son buenos, y es que, si reflexionan un poquito, eso no les costaría trabajo hacerlo; nunca estarían estresados ni agobiados y vivirían como los artistas, disfrutando de las cosas que les rodean y ocupándose sólo de sentir cosas hermosas, y cuando menos lo esperen la inspiración llegará y producirán las cosas más bellas y captarán las ideas más sublimes. Por supuesto, a quien le guste desarrollar sólo trabajos físicos y no intelectuales también podrá hacerlo. Y en el caso de las almas que encarnan para dedicarse a la vida espiritual, a llevar mi mensaje, podrán hacerlo y todas felices. Todos se complementan, todos son importantes y necesarios, sólo es cosa de organización y de olvidarse de actitudes egoístas. Pero eso vendrá con el cambio de actitud y algún día estarán viviendo de nuevo en una edad de oro, donde todos los hombres caminen al lado de seres iluminados, ángeles y maestros ascendidos.

Capítulo 5

Desconcierto

Estaba escuchando muy atentamente a Dios cuando, de pronto, escucho una voz como muy lejana diciéndome que, si no me pienso levantar hoy, que para recuperarme de la desvelada de ayer ya fue bastante.

-Te pedí que llegaras a más tardar a las dos de la mañana, pero, como siempre, no me hiciste caso. Ahí nos tienes a tu padre y a mí con el Jesús en la boca porque pasaban las horas y tú no regresabas. Y, para variar, con tu celular apagado. Pero ya me dijo tu padre que a partir de hoy todos los permisos están cancelados y te va a quitar el carro y el celular. Me estás escuchando, ¿verdad? Eso nos pasa por consentirte tanto. Tus hermanos siempre están celosos porque a ellos no les damos todo lo que a ti. ¿Recuerdas a Paco cuando te compramos tu carro? Nos reclamó indignado: "Sí, yo traigo un carro que es casi una carcacha, pero ¿qué tal ella? Le van a comprar uno nuevo de agencia, y no cualquier coche, no, nada más y nada menos que un Jetta. Todo porque es mujer. Bendito sea Dios". Y tu hermano

Eleazar siempre tiene que andar de aventón, o lo lleva tu papá o lo llevo yo, porque Paco no le presta su coche, tú tampoco se lo prestas, los dos iguales de ocupados, y nosotros necesitamos nuestros carros. Gracias a Dios que a Tomás y Uriel siempre los llevo yo a todos lados porque aún están chicos, 12 y 9 años, respectivamente. Ellos son mis bebés, pero también notan nuestra predilección por ti. ¡Y cómo no, hija, si eres nuestra única mujercita! Pero, eso sí, nos dice Paco y Eleazar que no te guste alguno de sus amigos porque entonces sí hasta los acompañas a sus fiestas.

En eso escucho otra voz, esta vez de un hombre mayor. Sin verlo siento que es mi padre y que se trata de un tipo muy bondadoso.

-Todavía no se levanta mi princesita, ¿verdad? Ándale, Raquel, mi flaquita de ojos verdes, mi muñeca preciosa, es hora de levantarse. Ya son las 5 de la tarde y tú sigues ahí envuelta entre tantas cobijas y ya urge que todos estemos listos para irnos a la fiesta. Recuerda que es un día muy importante para la familia. Necesito que te bañes y te arregles lo más pronto posible para que nos acompañes a revisar los últimos detalles de la fiesta de tus abuelos. No quiero que te vayas sola, me moriría si te pasara algún accidente, y es que ese lugar donde va a ser la fiesta está un poco alejado de la ciudad. Además, parece que va a llover y no quiero estar con pendiente porque no llegas. Además, no quiero que des lugar a murmuraciones y chismes, y es que ya sabes que no falta quien asegura que no eres muy centrada. Además, con esa suerte que tienes con los muchachos, que los manejas tan bien, por cierto, no quiero que se diga que mi niña es una coqueta indecente.

Así es que ya me escuchaste. Apúrate, que tenemos que irnos. Por cierto, le di permiso a Paco de que se llevara tu coche. Él tiene que pasar a recoger a su novia; por lo visto, va muy en serio con Esther. Ellos se van a ir directo a la iglesia. Tu madre, tú y tus hermanos se van a ir conmigo en la camioneta. La misa de celebración de los 50 años de casados de tus abuelos es a las 8 de la noche y tenemos que ir al casino de la hacienda a revisar que todo esté perfectamente dispuesto, como lo pedimos al Gran Hotel de Las Rosas.

Casi enseguida entran mis cuatro hermanos y me empiezan a quitar cobijas, por lo que comienzo a sentir frío, pero siento como muy pesado el cuerpo, como si estuviera muy agotada y no puedo despertar del todo. Abro por primera vez los ojos y contemplo un cuadro familiar muy tierno, aunque mis hermanos quieren dejarme nomás con el pijama. Pero uno de ellos se me acerca, me da un beso en la mejilla y me vuelve a cubrir con una de las cobijas que me habían quitado y que estaban ya por el suelo. Es guapo y debe de tener alrededor de 12 años. A primera vista pienso que debe ser el más pequeño. Luego, uno tras otro, se acomodan junto a mí en mi cama y empiezan a quererme quitar mi almohada y un osito de peluche que descubro que tengo entre mis manos. Ahora se enciman sobre mí mamá y papá y empiezan a decir: "Bolita, bolita, bolita". Siento de pronto que me falta el aire y al intentar salir del túnel humano me caigo de la cama junto con uno de ellos. Debe de ser Paco, quien parece tener unos 21 años y también es muy guapo, aunque no tiene mucho humor; se enoja porque lo dejaron caer y en enseguida se levanta y se va del cuarto vociferando casi a gritos:

-¡No puede ser que nos comportemos como chiquillos¡ ¡Ya maduren!

Estoy confundida y yo creo que se me nota, aunque ellos creen, quizás, que es porque estoy desvelada, fumé mucho, tomé...

-¡Raquel, por favor, ya arréglate! -me ordena con cierta ternura mi mamá-. Nosotros vamos a hacer todos lo mismo -les pide a mis hermanos que ya se salgan de mi cuarto-. ¿No crees, hija, que una estudiante de quinto semestre de la preparatoria que piensa estudiar una licenciatura en ciencias de la comunicación, que domina tres idiomas casi a la perfección, inglés, francés y alemán, que tiene uno de los mejores promedios, que es la chica más bonita, que es tan asediada por los muchachos, que es tan querida por su familia, la consentida de sus abuelos y que también trae a su novio de cabeza no puede dejar de ir a este evento tan importante? El evento no sería lo que va a ser sin ti.

En ese momento mi padre, que aún seguía ahí, me comentó, para mi sorpresa:

-¿No será acaso que tuviste otro de tus sueños raros y estás tratando de darle una explicación? Bueno, ¿quieres que te recordemos lo felices que nos hizo tu nacimiento? Tu madre se cayó de las escaleras cuando sólo tenía 6 meses de embarazo. Estuvo a punto de perderte, pero con atención médica especializada, un reposo total y, claro, sus oraciones a San Martín de Porres y a la Santísima Trinidad le hicieron el milagro de que ahora tengamos a la más hermosa niña. Después de que nacieron Paco y Eleazar, ella tuvo un aborto y estuvo casi a punto de quedar estéril porque le practicaron un mal legrado. Por lo tanto, cuando salió embarazada de nuevo teníamos muchas esperanzas e ilusión, pues ya sabíamos, además, que iba a tener una niña. Así es que cuando se cayó de las escaleras por un mareo que le dio nos pusimos muy tristes. Pero, bueno, aquí estás gracias a Dios. Pero esto ya lo sabes tú, pues te lo he contado por lo menos una docena de veces, por lo que he de estar aburriéndote y, además, tenemos prisa. Salgamos, amor, para que Raquel de una buena vez ya se arregle.

Me puse de pie pensando que tal vez Alberta era alguien de mis antepasados; a lo mejor se trataba de mi abuela, que, por cierto, lleva el mismo nombre. Qué curioso, de pronto recuerdo que no sé mucho acerca de su vida, esto es, si se casó enamorada, si fue feliz en su infancia, qué piensa acerca de los temas principales de la vida o el amor, por ejemplo. Con eso de que es tan callada y reservada y que cuando nos vemos sólo trata de ser amable, pues es casi una desconocida para mí. Sin embargo, siempre me ha dado la impresión de que tiene mucho carácter, aunque también pudiera haber tenido un gran dolor en su vida, pero sería una sorpresa, pues pertenecía a una de las familias más ricas de Chihuahua y yo creo que con dinero se tiene la felicidad, o, por lo menos, te acerca muchas cosas.

El timbre de la casa interrumpe mis pensamientos y eso me hace reaccionar, por lo que voy a mi clóset a buscar mi ropa interior y el vestido azul cielo que me diseñó Jorge Vandit, el gran diseñador de moda que vino de París. Los zapatos los compré también de diseñador, por supuesto; están hermosos, pero no los encuentro. Así es que sólo me llevo mi ropa. El vestido lo pongo en la cama y me voy a meter a bañar mi cuerpo, como digo yo, porque yo no soy sólo el cuerpo. Traigo el pijama de Mickey Mouse que me trajo mi mamá de su viaje a Los Ángeles, California, cuando fue a visitar a su hermana Bertha, pues ella vive allá.

Empiezo a desnudar a mi cuerpo como si lo viera por primera vez después de mucho tiempo. Soy delgada, aunque acuerpada, pero definitivamente mi cara es más hermosa; es delgada y afilada, con ojos color verde y unas pestañas muy largas. Y, bueno, tengo unos ojos muy hermosos que, sobre todo, como que no saben mentir. Me gusta hablar con la verdad, pero si por algo disimulo, me miran a los ojos y saben que no fui del todo sincera.

También tengo otra cosa: desde muy niña percibo cosas de las personas que se acercan a mí o también cuando veo una fotografía, como si pudiera leer sus intenciones y como si estuviera viendo la película de sus vidas, hacia atrás y también hacia delante. Y eso a veces me ha protegido, porque puedo ver lo que piensan de mí los que se me acercan, pero también a veces me hace daño, pues, aunque sé que a alguien no le importo, me he llegado a enamorar hasta las manitas y he sufrido alguna decepción, porque a final de cuentas yo también soy un ser humano y la esperanza muere al último.

También he visto a mucha gente envidiar lo que tienen los otros, sean hermanos, primos, amigos, vecinos, etc. No acabaría la lista. Pero lo que me cuesta más trabajo es cuando veo a dos personas, o a familias reunidas y "ver" las cosas que le hacen unos a otros, a escondidas y en la oscuridad, mientras que en muchos momentos se dicen cosas agradables, bromean entre sí y hasta se abrazan y se demuestran cariño. Eso me cuesta mucho trabajo; sobre todo, me duele el corazón. Pero tengo una gran ventaja, cuando lo observo, al yo descubrirlo, le pido a Dios por los que son agredidos en secreto y luego escucho una voz dentro de mí que me permite hacer algo para romper con esos "trabajos". Cuando duermo o me ven dormida, en realidad, me salgo del cuerpo para salir a muchos lugares a visitar personas conocidas y desconocidas para mí, pero conocidas para esa voz interior, que yo creo que es algún santo, pues vamos a llevarles curación.

Por supuesto, nadie sabe acerca de estas cosas que veo y siento, pues de niña me daba miedo. Ahora entiendo que en este mundo tecnológico me tomarían como una loca y no quiero pasar por esa situación. Así es que, más bien, llamo la atención pareciendo sofisticada y a veces hasta difícil de tratar. Creo que es un don que Dios me dio desde que nací, pero en realidad no sé mucho al respecto.

Mientras pensaba todo eso, me bañé. Tomo una toalla, seco mi cuerpo y le pongo los calzones y luego el brasier *strapless*, pues el vestido, que es como de color azul pastel, tiene unos tirantes muy delgados. Me desenredo el pelo, que es mediano y de color rubio, pues hace menos de una semana me pusieron el tinte. Creo que se me ve bien, además, va mejor con mi color de ojos.

Antes de ponerme el vestido miro en toda la habitación para ver dónde puse los zapatos y recuerdo que los dejé debajo de mi cama desde anoche. Efectivamente, me agacho para agarrarlos y ahí están. Me pongo las medias y los zapatos y al final el vestido; creo que se me ve muy bien. Espero que a Carlos, mi novio, le guste como me veo, pues casi casi me arreglo para él. Hago como que no me interesa mucho porque luego lo saben y te hacen como quieren, así es que me aguanto y no se lo demuestro mucho. Ahora enciendo la secadora eléctrica y al poco tiempo mi pelo está listo para adornarlo con una coronita que parece de esas con las que coronan a las reinas de belleza; es sencilla, bonita, color plata y la pedrería es color verde esmeralda, como para hacer juego con mis ojos; las piedras son como de cristal.

Ahora sí me salgo del cuarto ya lista. Como siempre, traigo en una bolsa tejida tipo morral, pero en bonito, azul, por cierto, mi cartera con mi tarjeta de crédito, mi identificación, mi agenda, mi monedero, mis lentes para Sol y mi celular, y mis cigarros, que no pueden faltar.

Al salir casi me caigo del choque que tuve con mi mamá, que venía por mí para irnos todos juntos. Se ve tan bella a sus 44 años y se ve tan juvenil, aunque muy centrada, y es muy dulce conmigo y con todos. Trae un vestido negro como de tela de razo, lleva un collar de perlas cultivadas y también trae una coronita muy delgada adornando su peinado, pero la de ella con perlas muy finas. Es alta, debe medir alrededor de 1.80, y yo como 1.65. Sí, yo soy chaparrita.

Salimos todos de la casa en la camioneta de mi papá, sólo falta uno. Paco se fue desde antes en mi coche, pues iba a pasar a recoger a su novia y se va a ir directo a la iglesia, como ya me lo había comentado mi papá. De hecho, dice mi papá que ya no vamos a ser capaces de revisar muchas cosas; ya estuvo hablando por teléfono y parece que ya aventajó en la supervisión. Vamos a ir solamente a ver cómo quedó el arreglo del salón y de las mesas. Parece que el menú está listo, así como todo el personal que nos va a atender durante la fiesta. Los músicos también ya llegaron, según le informaron.

Vivimos en una ciudad muy bonita, pero con unas distancias grandes, aunque no tanto como en la Ciudad de México. A más tardar, en 30 minutos llegaremos a ese salón, que en realidad es una antigua hacienda remodelada y adaptada para graduaciones y bodas, principalmente.

Llegamos a lo que es ya la brecha para llegar a la exhacienda y comienzo a sentir el aire fresco y limpio del campo. Hay muchos árboles en la orilla del camino y ves a lo lejos vacas y otros animales y como que te transportas a la vida tranquila de un pueblo. Yo no sé lo que es eso, pero imagino que se vive con mucha más tranquilidad que en la ciudad.

-Raquel, ¿qué tienes, hija? Desde que te fuimos a despertar hoy no has dicho una sola palabra -escuché decir a mi papá.

-Estoy bien, papá -le contesté-, sólo que estoy guardando mis energías para la fiesta. Por cierto, mis abuelos deben de sentirse muy contentos por tener todavía una relación tan estable, y estoy segura de que les gustará mucho la fiesta que les organizaste con tanto amor. Mira que se trata de tus suegros, no de tus padres.

-Pero no olvides, hija, que cuando murieron mis padres en ese accidente aéreo yo estuve tan triste y pasé por una crisis existencial tan fuerte que caí en una depresión severa. Casi durante 3 años ni siquiera podía concentrarme y descuidé mucho los negocios, por lo que la empresa se fue a la bancarrota. Por supuesto, también influyó en la quiebra de la empresa el abuso de Adolfo, el administrador, que se dedicó a contratar mucho personal, la mayoría eran sus familiares, por cierto, sin que hubiera un aumento de la producción en la fábrica. Habíamos sido líderes zapateros en el mercado nacional y, sin embargo, se descuidaron tantas cosas que aquella empresa líder por generaciones se convirtió en cenizas. Pero no estoy queriendo ser negativo y buscar culpables. Yo estuve muy triste y en realidad deseaba morir para irme a reunir con mis papás, aunque ahora sé que fue una actitud irresponsable, pues morir es parte del proceso de la vida y, además, cuando se cree en Dios como nosotros hay que pedirle que nos dé fortaleza ante estos momentos tan difíciles de la vida. Si nos agarramos de Él, podemos sobrevivir con seguridad y hasta tener la esperanza de que, al paso de los años, volvamos a tener paz y alegría de vivir, pues ellos ya terminaron su misión en la Tierra, pero nosotros no. Hay que echarle muchas ganas para vivir lo mejor posible y entregar las mejores cuentas a la hora de que vayamos a presentarnos frente a nuestro amado Padre Celestial. Y es bueno recordarnos a nosotros mismos siempre que podamos: esto también pasará. Tardé mucho en recuperarme y en volver a empezar, y los únicos que me apoyaron y que se han portado como si también fueran mis padres son tus abuelos. Hasta la empresa que tenemos es un regalo de ellos; confiaron en mí y sobre todo me dieron el amor que necesitaba para levantarme y seguir viviendo. Ahora soy muy feliz de tenerlos a tu mamá y a ustedes, y siempre han sido mi mayor tesoro, pero la muerte de mis padres me creó mucho temor y mucha tristeza. De hecho, me sentía como con un hoyo en el estómago todo el tiempo que no me dejaba estar tranquilo en ninguna parte, porque, además, me sentía desesperado y ansioso. Alguna vez pensé que yo también iba a morir, que esas sensaciones eran como el preludio o el aviso anticipado, pero no, era mi autoestima, que había bajado de manera tan súbita y parecía estar en una carrera de atletismo, pero hacia el fondo de la tierra. De veras, hija, qué duro es sentir que los que tanto has amado y que te amaron tanto, y de los cuales lo recibiste todo y que por ellos sabes lo que tú sabes, ya no están contigo. Lo que es peor es que los perdiste en un abrir y cerrar de ojos, y para alguien como yo, que fui hijo único, eso es desastroso. No se lo deseo ni a mi peor enemigo, como se dice comúnmente. Te descubres vulnerable y, como globo de gas, sólo te vas, como si no hubiera algo de peso para regresarte. Son situaciones tan difíciles en la vida que sólo quien las ha vivido las puede comprender, porque, además, parece que cambiaste de dimensión o que te encuentras entre dos mundos. Te sientes dividido, desconcentrado, desvalido, pues de pronto estás de duelo. Lo más sano es vivirlo, eso lo comprendo ahora. Gracias a Dios, hoy me encuentro bien, me siento muy feliz de tener una familia tan bonita. De pronto, todo me sale bien, volví a encontrarle el sentido a la vida y con nada le pago a Dios por todo lo que he vivido, pues he sentido su presencia y su amor; me miró un momento por el espejo y me dijo: "Estoy aquí de nuevo". Y también gracias al cariño de tus abuelos. Es más, a veces pienso que mis padres entraron a su cuerpo porque me apoyan tanto, pero no, no es posible, sólo me hace bien creerlo.

Capítulo 6

Contacto angélico

-Yo sé, papá, todo lo que sufriste y también cómo te levantaste de nuevo, por eso eres el papá más padre que hay sobre la Tierra y tienes toda mi admiración -estaba diciéndole esto cuando, de pronto, siento que todo se mueve de manera violenta y comienzo a escuchar gritos. Me empiezo a marear y no sé más.

No sé cuánto tiempo ha transcurrido, pero ahora me doy cuenta de que todos salimos de la camioneta y caímos a un barranco, aunque no muy profundo, pero la camioneta está completamente al revés. El único que no había podido salir por sí solo era Tomás, por lo que tuvimos que ayudarlo entre todos. Está inconsciente aún, todavía no reacciona, pero, curiosamente, es el que tiene menos heridas. Me impresiona que todos estamos tranquilos.

De pronto, alguien con mucha luz alrededor, que es muy bello, toca en el corazón a Tomás, luego en su frente y en la parte superior de su cabeza también. Casi enseguida lo toma entre sus brazos y se eleva. En cuanto esa persona se acerca a la carretera lo veo vestido como un hombre normal con jeans y playera, de unos 30 años, más o menos, y está sentado en un auto a la orilla de la carretera; aparece un celular en sus manos y enseguida debió llamar a una ambulancia, pues escuché que pidió ayuda casi a gritos, pues al pasar por aquí, según les contó, encontró una camioneta que cayó en la barranca y que pudo rescatar a un niño de más o menos 12 años que está herido y que es el único que sobrevivió al accidente, pues los otros, al parecer, están muertos.

-Se trata de un señor como de 47 años, una mujer de 45, un joven como de 20, uno como de 10 años y, además, una jovencita de alrededor de 18 años. ¡Por favor, vengan pronto! -les gritaba desesperado-. El niño parece que está muy grave, no reacciona todavía, está inconsciente.

Bendito sea Dios, al muy poco tiempo de que les llamó a los paramédicos, estos llegaron, y en cuanto les entregó el niño les dio una credencial que venía supuestamente en su pantalón, para que avisaran a su casa y supieran de la desgracia sucedida. Mientras que ellos se ocuparon de subir al niño a la ambulancia y le dieron los primeros auxilios para volverlo a la vida, en cuanto pudieron quisieron darle las gracias por su valiosa ayuda a la persona que los llamó, pues ellos manejan que las primeras horas después de un accidente son fundamentales, pues de eso depende en gran medida el salvar vidas en un accidente, pero miraron para todos lados y ya no había nadie, y aunque no lo entendieron, decidieron irse enseguida para el hospital. El niño seguía inconsciente.

Una hora después, aproximadamente, una trabajadora social del hospital localiza a alguien en su casa. Se trata de alguien del servicio de la casa, que se asusta tanto que casi se desmaya. Se trata de su nana, Alejandrina, quien ha cuidado a Tomás desde que nació. Ella toma todos los datos y enseguida se comunica con Paco, quien ya se encuentra en el templo y le dice que no ha llegado nadie, que no ha comenzado la misa por esperarlos. Y ya que termina de hablar Paco, ella le dice que tiene que darle una noticia muy dura, pero antes de poder decirle comienza a llorar. Luego Paco se imagina que pasó algo grave, aunque es tan chillona que podría ser su cursilería. Pero no, esta vez no, pues le dice algo así:

-Acaba de llamar del Hospital Américas la trabajadora social Isabel Cortina para avisar que los señores y sus hermanos tuvieron un accidente y que sólo su hermanito Tomás sobrevivió.

Al decirle esto, se escucha por el teléfono que Paco rompe en llanto, como si alguien lo hubiera herido de muerte, tanto que luego se acercan sus abuelos y sus tíos para preguntarle qué pasó, qué tiene. Luego todo se escucha como una gran revolución y se escucha muy mal. Y Alejandrina necesita decirle que es urgente que se vayan para el hospital porque, aunque Tomás está vivo, se le destrozó un riñón y es muy urgente un trasplante; si antes de 72 horas no hay un donador, él puede morir. Además, el niño ya había preguntado por sus papás y para no decirle la verdad le dijeron que estaban bien, pero estaban revisándolos en otro cuarto del hospital. Decidieron ponerle un calmante en el suero para que descansara y para que no sintiera los dolores de su cuerpo.

-Paco, por favor, contéstame, o contésteme alguien más. Necesitan a alguien de la familia para que autorice la cirugía para extraerle el riñón destruido, porque, si pasa el tiempo, va a obstruir las otras vías internas y puede complicarse lo del trasplante.

¡Bendito sea Dios! Al fin escucho a la señora Alberta. La señora le pide a Alejandrina que le dé la dirección exacta del hospital y también del lugar donde están los cuerpos de los demás.

-Alguien de nosotros va a ir a identificar los cadáveres, pero nosotros Paco, su abuelo y yo nos vamos enseguida para allá. Quédate, por favor, al pendiente por lo que se ofrezca. En cuanto tengamos más información nos comunicamos contigo.

-Señora, lo siento mucho. Lo que debió de ser una gran fiesta se transformó en esta gran pena. Cuídeme mucho a mi niño, dígale que lo quiero mucho y le prometo que voy a rezar mucho para que él se ponga bien y para que rápido encuentre un donador. Dios nos hará el milagro, necesitamos un milagro.

Yo, de pronto, me doy cuenta de que estoy cerca de la cama de Tomás en el hospital. No veo a nadie a su lado, sólo puedo sentir que su estado de salud es grave, pues está con oxígeno, con el suero inyectado en su mano, hay maquinas que ofrecen la lectura de los latidos de su corazón y tiene una pequeña herida en su estómago y sus ojos cerrados. Al acercarme a tocarlo, su piel está más fría que caliente. Da la sensación de esperar la muerte, no la vida. Esto me horroriza, pues es un buen niño y, además,

Paco quedaría solo en este mundo, y es tan sensible que no podría seguir adelante. Sólo pensarlo me entristece.

Quisiera hacer algo por Tomás y se me ocurre hablarle con todo mi corazón. Me acerco a su oído y en voz muy baja le pedí que me escuchara.

-Tomás, tú necesitas tener ganas de vivir, tener la ilusión de quedarte más tiempo, pues tienes seguramente una misión por realizar, que debe ser muy importante para la evolución de tu alma y, ¿por qué no?, también para la evolución de toda la especie. De cualquier enfermedad puedes sanar, si tú tienes fe en Dios. Tú tienes un cuerpo de niño de 12 años, pero tu alma no conoce el tiempo y siempre te guiará y te presentará todos los medios necesarios para encaminarte al logro del propósito de tu alma. Ella también te puede ayudar ahora, pero necesitas tener voluntad para quedarte. Sólo debes de elegir quedarte, que lo del trasplante de riñón tiene solución, y, como todos los problemas que enfrentamos en nuestra vida, existen diversas maneras de resolverse y la vida nos enseña que la ayuda llega por donde menos lo esperamos. ¿Sabes una cosa? Yo podría ayudarte también, si tú quieres, pues Dios me otorgó un don al momento de nacer, pero nunca lo utilicé realmente. Me daba un poco de miedo usarlo y siempre pensé usarlo en el futuro, pero ya es demasiado tarde. Puedo pedir a Dios que me permita usarlo para sanarte y me encantaría transferírtelo a ti para que tú sí lo usaras. Hay tanta gente que está buscando curación y la paz que da el tener la salud, porque la salud es la vida y la felicidad misma, aunque no estemos muy conscientes de ello. Alguna vez escuché que la gente no es feliz porque está sana, pero se enferma cuando no es feliz. La salud es muy importante y tú podrías ser un instrumento de Dios para llevarla a mucha gente. Me encantaría que lo pensaras. Sé que me estás escuchando.

De pronto, veo con sorpresa que se levanta como una copia de Tomás, muy luminosa, por cierto, y luego me mira con su hermosa sonrisa y abre sus brazos buscando mi abrazo. Por supuesto, lo abrazo con mucho cariño y puedo incluso percibir en él como una especie de paz interior muy sabrosa, como diciéndome sin palabras que no hay de qué preocuparse, que él estará bien, que deje de angustiarme y que, si tengo de verdad fe en Dios que lo ponga a él en sus manos, pues no las hay mejores ni más amorosas.

Enseguida nos sentamos por un momento en las sillas que están junto a la cama y sin querer miramos hacia la ventana que está a unos pasos de la cama; nos percatamos de que ya es de noche y hace frío, pero como estamos en el piso 5 se puede apreciar la belleza de la Luna. De pronto, estamos junto a la ventana como nunca habíamos estado, así tranquilos y con mucho cariño, como si no tuviéramos penas ni afanes. Bendito sea Dios.

Hasta ahora me percato de que Tomás está vestido con una bata en forma de túnica de color azul cielo y que su cara está como iluminada. «Qué guapo se está poniendo», pensé. Creo que no le he preguntado cómo se siente, pero antes de emitir palabra alguna me contesta:

-Estoy muy confundido porque no me duele nada, sin embargo, he visto que examinan mi cuerpo muchos médicos y he podido escuchar que discuten acerca de la gravedad de mi estado, pero no se acaban de poner de acuerdo. Inclusive mi cuerpo está conectado a varios aparatos y hay una aguja adentro de mi mano derecha, pero tampoco siento dolor; por ahí aplican los medicamentos las enfermeras. Además, puedo observar que está todo mi cuerpo cubierto con algo así como con una burbuja de plástico, pero eso no me causa molestia alguna.

-¿Entiendes lo que platican los médicos, Tomás?

-No, no lo comprendo, pero me queda claro que, si no consiguen un riñón para el trasplante en las próximas 48 horas, sólo un milagro puede salvarme. Según su parecer, estoy muy grave y aun haciendo a tiempo el trasplante hay pocas posibilidades de vida. Me suena todo tan extraño…

Mientras él me está relatando todo eso siento de pronto como que me desprendo de algo y me siento como que perdí automáticamente todo mi peso. Tengo la sensación de que hubiera mucho aire en la habitación, además de que bajó mucho la temperatura; está helando. Empiezo a flotar hacia arriba, como si hubiera un imán en el techo. Ya salí del hospital donde estaba platicando con Tomás, lo raro es que no tengo miedo, sino todo lo contrario; empiezo a sentirme mejor que nunca, sin preocupaciones, sin apegos, sin afanes, no estoy triste ni angustiada por la gravedad de Tomás. De pronto, se me ocurre que no es él quien debe de quedarse con el don, ya que esa no es su misión, esa es una misión mía y de nadie más. Fallé otra vez, pero sé que Dios lo entenderá, me lo dice el corazón. Mmm, qué tranquilidad siento. Voy a cerrar mis ojos para disfrutar de este momento; debe ser algo parecido a un viaje al paraíso. Mmm, qué rico olor a flores, deben ser rosas.

Hasta creo que estoy perdiendo el sentido. No sé cuánto tiempo pasó, pero de pronto siento mucha luz frente a mi rostro y eso me obliga a abrir los ojos de nuevo; es una luz muy hermosa, entre blanca y dorada, que me atrae. No sé si es un túnel, pero yo lo estoy viendo muy cerca de mí y comienzo a caminar adentro de él. Es una luz cegadora que te atrae y te llama con su paz; pareciera que tiene unas grandes manos que te invitan de una forma tan amorosa que quieres llegar a ser a tocado por ellas. Ya sucumbí de nuevo a su amor y a su olor tan especial, tan celestial, diría yo. Estoy ahora parada en un paraíso al otro lado del gran círculo de luz.

Capítulo 7

Estudios superiores

Estoy mirando una vereda hermosa rodeada de flores de muchos colores; es un sendero muy largo y, sin embargo, quisiera caminar por él. No sé qué pasó, pero parece que con sólo desearlo es suficiente, pues ya estoy en medio del camino y me dirijo hacia un lugar que parece un gran palacio de mármol blanco.

Después de caminar un poco pareciera que la vereda es un *freeway*, pues ya estoy frente al palacio. Ya que estoy aquí, me doy cuenta de que este palacio está rodeado por montañas, como si se tratara de un lugar secreto. La puerta es muy alta y no tan ancha; casi de manera automática se abre y puedo ver como que es la entrada a un pueblo. El lugar es muy grande, muy hermoso, como decorado a propósito para impresionar a los viajeros. Puedo darme cuenta desde este punto en donde me encuentro que sus caminos están perfectamente trazados, con jardines como los que cuenta la historia que existieron en Babilonia. Existen estatuas de tamaño humano del estilo de los griegos y el piso pareciera que es de mármol, aunque en forma de piedritas muy pequeñas y aplanadas, de manera que el piso está muy suave. Existen como grandes fuentes, pero de esas que son como grandes piletas. Todo tiene luces de colores. No sé cómo lo harán, pero se siente uno genial aquí. Todas las personas están vestidas como con túnicas largas de una tela como muy delgada, pero no parece ser seda. Hay túnicas de diferentes colores, pero el color que predomina en los que estoy viendo es el color blanco. Eso sí, todos son colores pastel. Me da la impresión de que llegué a un spa muy importante, pues el marco natural te invita a descansar, a relajarte de tus tensiones. Debe de ser un lugar de reposo o algo así. Ojalá me pueda quedar aquí.

Una persona vestida de color verde esmeralda viene a encontrarme y me saluda con un fuerte abrazo, como si nos conociéramos desde hace mucho tiempo; incluso menciona que estaba esperando mi llegada y que me tardé un poco más de lo normal. Le contesto que no entiendo lo que me quiere decir con eso, a lo que él me responde con una linda sonrisa y estas palabras:

-Ya tendrás la oportunidad de comprenderlo poco a poco, pues vas a estar una temporada en este lugar.

De pronto, tomo conciencia de que junto a mí está otra persona, creo que desde que atravesé el círculo de luz, pero en ningún momento me ha dirigido la palabra; como que es sólo un acompañante, tal vez un guía. Al darse cuenta de lo que estoy pensando, me contesta el de túnica verde que ese ser es mi guía espiritual, algo así como un acompañante permanente silencioso, algo parecido a lo que conocemos en la Tierra como el ángel de la guarda.

Luego de darme esta información aprovecha para presentarse conmigo:

-Yo soy Alberto, uno de los maestros en medicina en esta escuela espiritual, y él es uno de los mensajeros de esta escuela dedicados a la protección de nuestros alumnos. Su nombre es Ethel. Me gustaría que lo miraras a los ojos ahora con mucho detenimiento para que recuerdes algunos de los eventos en los que te ha acompañado en tus vidas...

-¿En mis vidas, dijiste? ¿Escuché bien?

-Sí, por supuesto. ¿Nunca te diste cuenta allá en la Tierra o por lo menos lo sospechaste? ¿No te sugiere nada este lugar? ¡Por lo visto, no lo recuerdas todavía! Me da la impresión de que necesitas descansar; estás todavía en las primeras 72 horas después de que dejaste tu cuerpo y eso afecta, pues confunde a algunas almas. Propongo que te tomes un descanso para que recuperes tu memoria celestial. Ethel te mostrará tu lugar de siempre en este palacio; con sólo verlo recordarás la verdad y la sabiduría de tu alma. Ya después retomarás tus estudios de medicina cósmica y también retomarás tus clases de amor universal con el maestro Pablo, pues si antes no se tiene esa virtud, no se te pueden confiar los secretos de la curación.

Cuando él dijo curación fue como que de pronto algo dentro de mí empezó a moverse por todo el cuerpo, es algo transparente que recorre mi ser, como la sangre al fluir por todo el cuerpo, pero en este caso tiene algunas figuras, como flores y soles. Es una luz que sigue recorriendo todo mi cuerpo, como si todo en mí hubiera escuchado una clave secreta para encontrar o acomodar algo. Inclusive veo algo como un Sol de color verde esmeralda que se coloca en donde antes tenía el corazón y de manera automática me siento muy tranquila y en paz con todo lo que me rodea. «Apoyar en la curación de los cuerpos y de las almas... Ojalá pudiera algún día aprender ese bendito oficio», pensé para mis adentros y luego dije:

-Sí, sí, maestro Alberto, quiero descansar para luego estudiar con toda la calma y con todo mi amor para tener la oportunidad de ayudar en esa maravillosa misión. Se trate enfermedades "buenas o malas", creo que la curación es un regalo maravilloso que puede hacer que nuestra vida sea disfrutada en toda su plenitud, sin olvidarnos del amor, que también debe ser un don, pues sólo a Dios se le pudo ocurrir el compartir con todos sus hijos ese gran sentimiento que, además, da poder al que lo experimenta. De hecho, todos hemos notado que cuando sentimos el verdadero amor tenemos toda la creatividad, nuestra mente está tan despejada que a cualquier problema le encontramos solución y que, además, es el momento cumbre del hombre, pues se da cuenta de que todo es bello, que todo lo tiene, que todo es posible y que, por lo tanto, la felicidad es un botón que se activa automáticamente cuando se siente ese no sé qué que nadie ha podido definir, pero que, sin embargo, quien lo siente se convierte en el dueño del mundo. Paradójicamente, cuando eres el dueño del mundo por sentir amor lo que menos te importa es meterte con la libertad de los demás, pues lo único que quieres y que deseas para los demás es que también sean felices. Pero, bueno, hablemos de los desequilibrios energéticos, también llamados enfermedades. Una enfermedad cambia el carácter, la percepción de la vida misma y no permite disfrutar de las cosas buenas que Dios ha creado para todos sus hijos, aunque Dios permite que suframos enfermedades, algunas muy tristes, dolorosas y que a veces casi nos enloquecen, pues es muy difícil soportar un dolor de manera constante. En ocasiones, hasta nos separan de los seres que amamos, pues no entienden el sufrimiento o simplemente no soportan ver tanto sufrimiento y prefieren huir, pero no es falta de bondad, es sólo que les falta valor para continuar mirando que te acabas poco a poco. Esa es, para algunos, una prueba de su amor por ti, aunque también eso es prueba de su cobardía. Pero en la mayoría de los casos, con su ayuda, logras salir de la enfermedad y entonces valoras a los que se quedaron a tu lado, y hasta entonces comprendes en toda su plenitud la importancia de estar sano. Alberto, perdón, maestro Alberto, ¿pero por qué estoy diciendo todo esto? Yo no sé lo que es el arte de la curación ni entiendo del sufrimiento de las enfermedades.

-¿De veras lo crees así, Alberta?

-Por supuesto.

-Pues déjame decirte algo: tú has sido iniciada en los secretos de la curación desde hace muchas encarnaciones y has tenido muy buenas aplicaciones mientras vuelves a la Tierra. Has sido un importante canal de la divinidad para llevar curación a la humanidad. Tienes un don maravilloso que no se equipara a todo el oro del mundo, pues quitar un dolor o revertir un padecimiento que te llevaría inevitablemente a la muerte es mucho más importante que cualquier otro descubrimiento, por más trabajo que ahorre a la humanidad. Me refiero a las máquinas y otros inventos, como la computadora, por ejemplo, que han ayudado mucho para que el hombre dedique más de su tiempo a explorar cuestiones importantes, como descubrir quién es y para qué está en ese mundo, aunque hay que reconocer que no siempre el resultado es el deseado o el planeado para cada uno y para toda la especie. Pero poco a poco se avanza y la tendencia siempre será hacia el propósito más elevado. Quiero que te vayas a descansar y cuando tú lo decidas vienes a buscarme para retomar tu iniciación avanzada. Por lo pronto, dispón de tu espacio, aunque puedes integrarte a la vida del Templo en la Montaña, que es como se le nombra a nuestro retiro. Algunas veces te hará bien ir a convivir con otras almas; descubrirás que están aquí algunas muy amadas por ti.

Cuando dice esa frase recuerdo que ya no supe nada de Tomás. Ojalá que haya decidido quedarse allá.

Terminaba de pensar en eso cuando me comenta el maestro Alberto que ya deje de pensar en esas almas que están allá en encarnación, que Dios sigue estando al pendiente de todas ellas.

-Te lo aseguro, no pueden estar en mejores manos. Y ya déjate de preocupar por Tomás, él ya decidió terminar su encarnación y tiene sus razones. Cuando lo encuentres de nuevo tal vez no lo reconozcas, pero Dios te lo hará saber de todos modos. Entre otras cosas, no se quedó allá porque sanar no es su misión y, además, es un alma tan antigua que debía permanecer muy poco entre la especie humana. Luego lo recordarás, es casi una ley espiritual. La vibración de esas almas es tan alta y la de la mayoría en encarnación es tan baja que su trabajo espiritual para equilibrarse es tan grande que llevan generalmente misiones profundas y decisivas, pero de corta duración. ¡Ya olvídalo! Además, estás preocupada no por tu hermano, sino por ti misma. Bueno, tú misma lo recordarás, ¡ya lo verás! Nos volveremos a ver más adelante.

Con un hasta luego se despide de mí y ya la distancia me dice con su mente que le da gusto que esté aquí de nuevo. Ethel, que en ningún momento se separó de mí, me invita a seguir por un camino lleno de árboles de durazno.

No sé cuánto tiempo ha pasado desde que llegué aquí porque parece ser que el tiempo se detiene antes de ingresar a este retiro. Es una sensación rara, pero increíblemente cómoda. Lo contemplas todo con amor y en todo percibes la belleza de la creación; cada espacio, cada rayo de luz, cada árbol, cada nube, cada flor, cada cascada que contemplas, cada aliento que respiras, cada latido del alma, cada abrazo, cada gota de agua, cada vestido, cada peinado, cada alimento y cada movimiento te parecen dignos de algún cuento de hadas, de esos que nos leen allá en la Tierra antes de irnos a dormir cuando somos pequeños. Todo es esplendoroso y hermoso y como que hay una música interna que nos hace sentir muy bien. Ya me había olvidado de lo que es sentirse tranquilo y en paz. Las injusticias, las presiones, los malos tratos y las humillaciones se quedan allá en ese lugar llamado Tierra, que, por cierto, se puede ver desde aquí a la distancia. Además, con sólo desearlo puedes traer la imagen de tus seres queridos a tu mente y enseguida frente a ti se pueden ver las escenas de su vida en el momento presente, por supuesto, las imágenes se miran como en una pantalla de televisión; me explica Ethel la razón:

-Tu deseo es muy importante, es como un modulador de la realidad que vives; dependerá del tipo de pensamientos que tengas lo que vas a experimentar en tu vida. Si son pensamientos negativos, atraerás situaciones negativas; si tienes sólo pensamientos positivos, sólo cosas buenas te pueden suceder. No olvides que en lo que piensas te conviertes, esa es la clave. Y lo curioso es que casi todo el mundo en la Tierra lo sabe, pero no lo hace. No obstante, quien lo hace seguramente obtendrá triunfos. Pero como aquí todo mundo es consciente de esta verdad, entonces utilizan el pensamiento para obtener lo que quieren. En este caso, tú deseaste ver cómo estaba tu familia y con eso abriste la puerta para lograrlo. Por cierto, ya viste las imágenes y te das cuenta de que ellos están bien, ¿verdad?

-Sí, Ethel. Muchas gracias.

Con el paso de los "días", en esta dimensión como de descanso he podido recordar y analizar algunas cosas que me han sucedido en el pasado y que en su momento también me frustraron, pero que ahora comprendo que las situaciones eran exactas para la evolución de mi alma; era parte del plan de Dios. También se me ha explicado aquí en la escuela de medicina que la videncia es un don necesario para ayudar en la curación de las personas. Sin embargo, quiero aclarar que Dios en todo momento, a través de una voz interna, que es como traer un radio adentro, te va interpretando todo lo que ves o, lo que es lo mismo, Dios decide lo que tú ves y lo que tú dices, si realmente te pones en sintonía con Él y estás dispuesto a prestarle tu vida para dar un sincero servicio, sin esperar premio ni recompensa, aunque siempre hay recompensa.

Mientras me encuentro en este lugar, sin proponérmelo, he recordado cosas. No sé si estoy recobrando la memoria de mi alma o sólo son historias que escuché contar a otras personas en alguna parte. El otro día, después de mirar el amanecer junto a todos los habitantes de este retiro, maravillarme de tan hermosos colores y de tanta perfección de este lugar, hacer nuestra oración de gratitud a Dios, tomarnos todos de las manos y cantar el Ave María, nos fuimos cada uno a nuestras ocupaciones con una alegría tan grande que me fui con Ethel a desayunar a la orilla de un río que atraviesa una parte del palacio. Por supuesto, ya me enseñó cómo manifestar todos mis deseos; ya me enseñó a usar conscientemente mi energía; claro que sabe que la usaré para mi bien y para el bien de los demás. Comimos fruta picada, jugo de naranja, un pan relleno de chocolate y un café de olla que todavía le salía vaporcito. Metí un rato los pies en el río mientras desayunaba. Estaba tan contenta de estar en este lugar, tan agradecida con Dios por esta experiencia, cuando de pronto veo frente a mí, sobre el río, una pantalla como de cine, pero esta vez sólo vi letras grandes y claras que me invitaban a seguir leyendo porque desaparecían de forma automática. Me sorprendo porque yo conozco esa historia. Bueno, voy a seguir leyendo:

En el año de 1800, un lunes algo frío, aunque de un frío tolerable, en una ciudad del este, estamos acostumbrados a desarrollar nuestras actividades por debajo de cero grados centígrados. Pero este año, está más frío, estamos a 10 grados bajo cero, y después de haber tomado mucho vodka durante la noche se siente menos el frío.

Berdik es la ciudad donde yo he nacido y donde me gustaría morirme también. Soy una mujer con no muchas ambiciones y, además, no las necesito. Mi padre heredó una gran fortuna, además, pertenece a la clase política más importante de este país. Mi madre es una mujer muy bella por fuera, pero es mucho mejor por dentro; tiene un carácter bastante agradable, aunque es de lo más sobria y eso la hace ser de las esposas más respetadas en este lugar y también allá en la capital, a donde va de manera esporádica a acompañar a mi padre a sus eventos más importantes. Cuando ellos salen, mi abuela materna, llamada Antonieta, se queda al cuidado de nosotros: Vadin, Bolta, Joshua, mis tres hermanos, y Hamia, que soy yo.

Debo decirlo, ella es una gran abuela, para nosotros, la mejor. Con sus ochenta kilos y sus tres cuartos de siglo, es el ser más tierno y bello que me cuida después de mis padres. Tiene un porte sencillo, pero elegante, y es bonita sin pintura, con su trenza hecha chongo disfrazado con sombrero de terciopelo, con su tez blanca transparente y sus ojos negros que miran y dan consuelo. Es viuda desde hace 10 años, cuando mi abuelo sufrió un infarto; desde entonces está con nosotros de tiempo completo.

Me gustaría que vieran su recámara: es grande y con una cama con pabellón a la usanza de los franceses del tiempo de los Luises. Está adornada con velos claros amarrados en el día con listones de satín verde pastel y cubierta con colchas, como cuatro, pues es muy friolenta; la de encima es de gancho y otras de lana. También tiene varios cojines con cubierta de gancho. Su cuarto, al igual que toda la casa, está alfombrada para guardar un poco más el calor. Por supuesto, no podía faltar una chimenea dentro de la habitación y un espejo grande, de esos para verte de cuerpo completo; el marco es de madera tallada a mano y de color dorado. Hay algunos muebles con cajones para guardar ropa y accesorios. También tiene un ropero grande frente a su cama y justo a un lado de la ventana. La ventana es grande y con cortinas que van del techo al suelo. Y, como su habitación se encuentra en el segundo piso de la casa, tiene acceso a una vista privilegiada, digna de ser pintada por Rembrandt; siempre se puede observar una cadena de montañas cubiertas de hielo, aunque los árboles se pueden percibir a la distancia entre las montañas como puestos a propósito para dar un toque de verde, pero, también hay que decirlo, en invierno todo se pinta de blanco.

En primavera pareciera que cambiáramos de lugar de residencia, pues se puede observar un paisaje distinto o, por lo menos, coloreado de tonos verdes, azules, rosas y amarillos que a la distancia se puede apreciar más su belleza. A veces creo que he nacido en el paraíso, pues lo he tenido todo: la mejor familia, la mejor situación económica, la casa más bonita, la mejor educación, bueno, con nada le pago a Dios todo lo que me ha dado y que yo espero que sea para siempre. Sí, sí debe de existir el cielo, pues yo vivo en una porción del cielo.

De verdad, este lugar es tan hermoso que a veces me dan ganas de realizar una pintura, ponerla en un cuadro y con ella adornar la sala. Es una fantasía, lo sé, pero eso siento en algunas ocasiones.

Somos una familia que ha tenido por costumbre, desde hace ya varias generaciones, informar a sus descendientes sobre lo que han sido sus ancestros, a qué se han dedicado, qué logros han tenido y también se ha tratado de descubrir sus errores para tratar de avanzar como familia y también como seres humanos.

Mi abuela y mi bisabuela han nacido aquí y han sido felices también aquí. Se casaron muy jóvenes, una antes de los 20 años y la otra a los 23, pero se han casado con hombres a quienes han amado con un amor de esos que perduran para siempre. Las dos han sido muy amadas y han amado a sus maridos también. Estuvieron con ellos hasta el final de sus días; en el caso de mi abuela, primero murió mi abuelo, pero ella es la excepción en 5 generaciones, pues todas mueren primero que ellos. No sé si eso sea bueno, pero al parecer quieren tanto a sus esposos que prefieren morir ellas primero, pues piensan que sin ellos este mundo les va a parecer como comida sin sal y frío sin cobertor.

No todas han tenido casas muy grandes ni han sido muy ricas, pero cada una ha vivido su vida de la manera más sencilla y con el hombre que ellas han amado, y eso es una escuela que espero seguir. Al parecer, tener a quien tú quieres te da la tranquilidad y, como dejas de lado la ambición, los negocios se dan poco a poco, pero como si se tratara de plantas de enredadera. A todos les ha ido bien. Tuve abuelos políticos, comerciantes en gran escala, manufactureros y dueños de minas de carbón... ¡Ah, se me olvidaba! También tenemos jueces y dueños de industria alcohólica, perdón, como dice mi mamá siempre que me escucha, "industria del vino", y del mejor que se puede producir en este lado del mundo.

He sido feliz de haber nacido en el seno de esta familia, pues me ha criado con amor, con valores y he sido muy consentida por todos los miembros de mi casa. Vivo en un lugar del mundo donde el clima es frío, pero la familia es la clave del arropamiento interior y exterior.

Acabo de conocer a un joven que me pareció muy guapo, se llama Bladimir Acovsky. Él es de San Petersburgo. Tiene 23 años, según me lo imagino. Lo conocí hace algunas semanas aquí en la casa mientras mis padres daban una fiesta a los ministros Palvov y Mijail de San Petersburgo. Precisamente, Bladimir es hijo del señor Mijail. Cuando lo presentaron al entrar a la fiesta también nombraron a su esposa y a su hijo. Desde ese momento nos pusimos atención, como de esas veces en que tienes una cita con alguien. Nos miramos casi al mismo tiempo; me gustaron mucho sus ojos grandes color miel. Tiene pestañas chinas y abundantes y una sonrisa que encantaría a cualquier mujer, si él se lo propone. A mí me gustó enseguida. Nos presentaron nuestros padres esa noche y toda la noche bailamos. Coincidió que a los dos nos gusta mucho el baile y el baile regional, además, ambos estamos estudiando, yo en la escuela de arte de la región y él en la capital rusa. Aunque esa noche hubo más bien bailes de salón, pues era una fiesta diplomática.

Una vez más, el salón de eventos estaba lleno y el gran comedor estaba con todas sus sillas ocupadas. Se encendieron todos los candiles de cristal y parecía que un gran cometa había inundado la casa con su brillante luz.

En ese preciso instante en que estoy leyendo en la pantalla esa parte de la vida de Hamia, me detengo por un momento, pues recuerdo todavía cuando, durante una de esas fiestas, me la presentó su abuela. Yo era muy amiga de su abuela. Se decía que yo tenía dotes de vidente y era muy respetada por esa sociedad del Este, sobre todo en cierta clase social, por supuesto, la alta. En general, querían que yo les revelara cuál iba a ser su destino, o por lo menos qué percibía acerca de sus vidas. Me la presentó su abuela para que le leyera en esa ocasión el café, y es que ella tenía 18 años y, precisamente, la notaron muy interesada en el hijo del ministro. Esto era como un ritual por el que habían pasado las mujeres de su familia, aunque yo sólo lo había realizado para 3 generaciones, contando a Hamia.

Hamia se puso muy nerviosa cuando le pedí que tomara poco a poquito su café en una taza de porcelana china muy bella y adornada "casualmente" con una pareja. Poco a poco la fui tranquilizando; le pedí que se sentara, que disfrutara el café, que pensara que todas las cosas vienen de Dios y que este día tal vez le quería enviar algún mensaje importante, pero que de ninguna manera debía sentirse nerviosa. Le dije: "Mira, Dios es tan sabio que nos hace saber sus designios de una manera tan al alcance de cada uno de nosotros que, cuando te das cuenta, ya sabes lo que necesitas para saber qué es lo mejor para tu felicidad. Aunque casi siempre hacemos lo contrario, pero no siempre. ¿Ya terminaste tu café? Voltea la taza y ahora sí dámela, por favor". En pocos momentos, yo, en ese cuerpo de Adela, la vidente, pude decirle algunas cosas de gran importancia para Hamia. "Estás un poco irritada de tu garganta. Traes una pequeña infección que debes curar, pues, de lo contrario, se puede agravar el problema y puedes enfermar de gravedad. Trata de tomar muchos tés calientes y agrégale jugo de limón, o toma mucha leche caliente para que aleje la enfermedad de tu cuerpo". Volteé a mirarla y estaba asustada; le dije: "Tranquila. Si te cuidas, dentro de poco tiempo volverás a estar muy bien de salud. Has tenido frecuentes dolores de cabeza, pero eso es porque no te decides a platicarle a tus padres que tu pretendiente ya te corteja en secreto, casi desde el principio, desde que los presentaron. Confía en tus padres para evitar daños irreparables. Estás muy joven y tal vez él no es el hombre de tu vida". Entonces me miró con algo de disgusto, pues estoy segura de que nadie más lo sabía. "En muy poco tiempo vas a conocer a un hombre como de 30 años, serio y de buena posición económica, que te va a proponer matrimonio al poco tiempo de que te lo presenten. Es un hombre bueno y está solo en el mundo, pues perdió a su familia en un accidente desde hace 10 años. Va a ser un extraordinario marido y te va a dar el lugar que te mereces. Eso es lo de mayor importancia que pude ver en las zurrapas del café".

Hamia era una mujercita tan bonita y, sin embargo, eso fue su perdición, pues Bladimir le siguió insistiendo en secreto y, cuando menos lo esperó, ya le pertenecía, al grado de ser capaz de irse con él a escondidas de sus padres, incluyendo a su abuela, que creyó que ya no lo veía, pues un día le juró que no volvería a verlo. Todos en su familia, al enterarse, se entristecieron tanto que todos comenzaron a enfermar y al poco tiempo todos murieron de una enfermedad desconocida. La última fue su madre, pero antes de morir decidió dejar todo su patrimonio para obras de caridad, sin saber que su hija estaba ya sola y con un hijo en un pueblo lejos de ahí, pasando hambre y prostituyéndose para alimentar a su hijo de 5 años. Bladimir la abandonó al poco tiempo de que nació el niño.

A Hamia la habían desheredado sus padres y a Bladimir le pasó lo mismo; nunca los perdonaron y él la culpaba a ella, diciéndole que, si ella se hubiera comportado como una señorita, eso jamás les hubiera sucedido. Él se enojaba tanto con ella que la golpeaba y también a su hijo, que parecía un animalito de esos que ve uno sueltos en la calle, sin casa, sin dueño, todos sucios y siempre hambrientos.

La vida de Hamia terminó en una casa de mujeres solas, pues su hijo, en cuanto creció, la abandonó para irse a delinquir a la ciudad. Las paradojas de la vida... Hamia vivió sus últimos meses en una casa de asistencia social, de las que su madre mantenía después de muerta.

Lo bueno es que, después de tanto sufrimiento, Hamia se arrepintió de todo corazón por todas las acciones que la llevaron a terminar su vida de esa manera. Le pidió perdón a Dios, a su madre, que había sido la mejor madre, a su padre, que había sido modelo de hombre bueno y cariñoso, a su abuela, que le causó tanta tristeza con su partida, y a sus hermanos, que eran los mejores hermanos. Ahora sabía que los errores se pagan muy caro, pero había aprendido ya la lección. «Aunque demasiado tarde», se repetía para sus adentros. Es cierto que hubiera sido mejor aprovechar todas las oportunidades que la vida le había dado para ser feliz y vivir bien, sin embargo, ya era demasiado tarde. Pero en ese momento le llegó en un solo instante algo así como un entendimiento celestial; ahora entendía la verdad, la que siempre supo su corazón, pero ella no lo había escuchado, sólo había atendido a su mente, a su soberbia. Pero antes de que siguiera culpándose por sus elecciones escuchó la voz más dulce y más amorosa que jamás hubieran escuchado sus oídos: "Volverás de nuevo y lo volverás a intentar, nada se ha perdido. Sigues siendo tan amada por mí como en el principio de los tiempos".

«Quiero hacerlo mejor la próxima vez», fue lo último que pensó Hamia y, en ese mismo instante, Dios la tomó entre sus brazos y la cargó como si fuera un bebé muy pequeño, pues este viaje había sido agotador y muy doloroso.

Como Ethel pudo observar, al final de esta historia yo estaba muy triste, al grado de estar llorando. Como para confortarme y tranquilizarme, él, que es tan amoroso conmigo, me pidió que hiciera lo siguiente:

-Alberta, quisiera que imaginaras por un sólo instante la cara que puso Hamia al mirar a Dios cuando iba de nuevo a encontrarse con Él. Trata de sentir, aunque sea por una milésima de segundo, la alegría de su alma cuando estuvo de nuevo entre sus brazos. Por algo existe la parábola del hijo pródigo, y es que, en realidad, todas las almas encarnadas en la tierra son como el hijo pródigo. ¿Verdad que es maravilloso lo que ella sintió? Sobre todo cuando en su vida pasada reciente se sintió como una hoja de papel que lleva el viento de aquí para allá, sin rumbo ni dirección, y pensó que a nadie le importaba su sufrimiento, pero, paradójicamente, ese sufrimiento fue mayor, pues te culpaste por todo lo que te sucedió. Y ten la seguridad, Alberta, de que esa es una carga muy pesada, comparada con ir por el mundo cargando un costal de piedras en la espalda todo el tiempo. En el caso de Hamia, es cierto que sólo experimentó esa situación al final de su vida, sin embargo, los años le parecieron siglos, una eternidad.

Todavía emocionada, pero ya mucho más serena, exclamo:

-¡Qué historias, Ethel!

-Y de esas he visto muchas, pero en todas se aprende, en todas se ganan experiencias que te acercarán a la manifestación de la verdad de tu alma, que es perfecta, como nuestro Creador, Dios, como es llamado en la Tierra y en general en todo el Universo. Bendito sea Dios. Alabado sea Dios.

Al terminar de decir esto Ethel, desapareció de mi vista de manera instantánea la pantalla de cine, que en realidad sirvió como una pantalla visual donde se escribió un libro acerca de la vida de Hamia. Luego nos fuimos de ahí. Regresé a mi suite, porque parece suite, y traté de dormir un poco para seguir recuperando mi memoria.

Mientras seguía disfrutando del retiro en el bello palacio de la montaña, quise conocer otras vivencias de las almas en encarnación. Ahora entre muchos árboles y sentada en un mueble cómodo, donde inclusive puedo subir mis pies, toda vestida de color dorado y con mi pelo largo adornado sólo con una corona luminosa, estoy tomando un café calientito. Estoy dispuesta esta vez a conocer el libro de la vida de un cantante.

Ethel estaba, como siempre, a mi lado para protegerme y enseñarme. Ya sólo falta que aparezca la pantalla, pero esta vez veremos las imágenes. De pronto, veo que llega desde lo alto la pantalla, pero en esta ocasión es colocada frente a nosotros por dos ángeles con túnicas doradas y de un rostro y una belleza inimaginables; después de ver su sonrisa, de mente a mente, entiendo lo que me quiere decir: "¿Estás lista, Alberta?". A lo que yo contestó que sí.

-Pon mucha atención, por favor.

Luego desaparecen, no sin antes llenar el lugar de muchas flores de olores muy ricos.

Comienza la historia. Una mujer dice:

-Creo que fue en una fiesta de los Atelio que pude conocerlo. ¡Ah, sí! Era el cumpleaños de Angélica, precisamente en sus 15 años. Yo, como amiga de su hermana Valeria, fui invitada también. Fue el 19 de abril del año 1970. La fiesta se celebró en el casino de un club al que pertenece su familia. Debo decir que, si no fuéramos compañeras en el curso de *feng shui* y luego amigas por "coincidencias", como lo digo yo, no nos habríamos conocido. Ella es hija de padres muy ricos y yo tengo años de haber perdido a mis padres en un accidente automovilístico. Gracias a que mis hermanos están bien económicamente y que me quieren y me consienten como a la hermana menor puedo estudiar e ir de vez en cuando a tomar algunos cursos. A mis 17 años me siento como fuera de lugar, pero a la vez como que tengo un espíritu muy preguntón y curioso. Siempre estoy queriendo saber muchas más cosas que los demás, por supuesto, a través de libros o de medios distintos a los tradicionales. Y cuando digo tradicionales me refiero a que mis compañeros de la preparatoria tienen suficiente con lo que dicen los profesores y están más bien ocupados en las cosas que divierten o que alejan de lo complicado. En su caso, tienen suficiente con que sus padres les paguen sus cuentas y con el hecho de que, si los pierden algún día, nomás les dejen una herencia suficiente para seguir disfrutando de la vida. Aunque debo reconocer que también les importa pasar los exámenes porque de otro modo les cierran la llave de los recursos financieros fáciles. Sólo tengo un amigo, se llama Manuel. Según me ha platicado, es el mayor de su familia, donde él tiene que trabajar para ayudar a su mamá para mantener a sus hermanos pequeños, y es que su papá se fue con otra mujer y los abandonó a su mamá y a todos ellos, a los cinco, cuando él tenía sólo 12 años. Además, es justo mencionarlo, es un muchacho de muy buenos sentimientos y es muy inteligente, aunque con un gran resentimiento contra su padre, que lo bloquea, creo yo, pues no deja salir al genio que guarda dentro de su ser. Pero estoy segura de que algún día en el futuro, por lo menos eso espero, podrá terminar sus estudios y graduarse hasta con honores, si se lo propone. Pero un día me cuenta que le gustaría mucho entrar a estudiar al conservatorio para enseñarse a tocar el piano, y también para conocer gente virtuosa con el don del canto. Sí, su sueño es llegar a ser un gran cantante; inclusive le gustaría que lo enseñaran a escribir canciones. Pero para eso todavía le falta mucho y a veces se desespera con tanto trabajo y con lo poco que le pagan. De hecho, tiene miedo de que pase el tiempo y ya no sea tiempo para realizar su sueño. Dice que necesita un milagro, pero que él sabe que no existen los milagros. Su realidad ahora es, según me lo ha comentado, que en las noches se la pasa estudiando cuando otros dormimos, y que también comemos bien unos cuando otros, como él, tienen que trabajar muy duro para medio comer. De Dios no habla muy bien. Cuando alguna vez conversamos al respecto me dejó un sabor amargo en la boca, pues está decepcionado de Dios, y es que dice que Dios se olvidó de él hace mucho tiempo. Pero yo lo estimo y trato de platicarle algo de lo que he escuchado y que a mí me ha servido mucho desde que tuve la pena de la muerte de mis padres hace ya casi cinco años. Sin embargo, a ratos me parece que acaba de suceder, pues es un dolor muy grande que me atravesó el corazón a mis 12 años. Aunque ese dolor sigue tatuando mi piel, pues a veces me duele todo, hasta la mente y mi espíritu, como si de verdad las penas hicieran cicatrices en el alma que, aunque los demás no las ven, tú sientes que puedes verlas con sólo mirarte frente a un espejo o hasta en el reflejo de un lago azul. Pero, bueno, he recibido mucho amor y tuve muy buenas bases espirituales y morales desde que era muy pequeña y, pueden creerlo, son como los cimientos de una casa o de una torre, pues siempre te van a mantener de pie; aunque a ratos pareciera que somos como esos edificios modernos que cuando tiembla se pueden tambalear un poco, pero generalmente no se desploman. A veces pienso que para eso sirven tus primeros años, para hacer de ti como un pilar más en la tierra donde entre varios se conforman grandes edificios, casas-habitación, templos o palacios de justicia. De hecho, le digo a Manuel que mientras su padre los abandonaba a ellos, Dios se llevaba a mis padres para siempre. "Aunque en apariencia es algo similar, no es así, pues tu padre aún vive, lejos de ti ahora, pero siempre tendrás la posibilidad de volverlo a ver. En mi vida ya eso es imposible. Pídele a Dios con toda tu alma que él regrese a tu casa un día y eso puede suceder. Empieza a perdonar a tu padre y dentro de ti dale ese espacio amoroso donde se guardan los afectos más importantes. trata de no juzgarlo, pues al juzgarlo te juzgas a ti mismo. Él ya se fue, pero un día puede volver; si tú lo deseas con todo tu corazón, así será; tal vez después de muchos años, pero disfruta desde ahora el reencuentro. Lucha en tu interior con ese ego que, dicen, es por naturaleza egoísta y mejor piensa que, aunque no entiendas por qué se fue él, él tuvo sus razones. De todos modos, aunque nunca lo llegaras a justificar, él seguirá siendo tu padre. Comienza a dar lo mejor de ti, desarrolla ese talento que Dios te ha dado, no lo entierres, transforma ese gran dolor por la "pérdida" de tu padre en voz, en canción. Dicen que la vida no sólo está hecha de desgracias, sino también de alegrías. A ti y a mí ya nos marcó el dolor, ese que te invade el pecho, la piel, los huesos y cada célula del cuerpo, ese dolor que se lleva como si fuera un saco de piedras, que es tan pesado que te cuesta caminar, que te obliga de tanto en tanto a detenerte para volver a agarrar fuerzas y a reflexionar. Precisamente, un día estaba en terapia con mi psicóloga y me comentó que se sospecha que la felicidad se oculta detrás del sufrimiento y que han descubierto los santos que las dificultades y las grandes adversidades constituyen el secreto de la conquista de la santidad. Yo me quedé igual que tú al escuchar esto, Manuel, y es que las palabras y las filosofías de nada sirven cuando te sientes tan triste, cuando lo ves todo con lentes oscuros, cuando no tienes ilusión en la vida, cuando la alegría la dejaste en el pasado y el pasado comprendes que no volverá jamás. Sin embargo, no se nos ocurre pensar que podemos tener alegría de nuevo, si nos interesamos de nuevo en vivir la vida. Unos se fueron, pero otros llegarán, y tu padre, Manuel, un día volverá; estoy segura. Ten fe. No me lo tomes a mal, Manuel, sólo te paso al costo lo que con buena intención me dijo Gloria, mi psicóloga. Y. bueno, pues tal vez cuando pasen los años esto lo entenderemos diferente o lo veremos hasta como profético. Pero, bueno, ahora estamos como animalitos heridos y con el cazador cerca". Por supuesto, esto no le regresa la tranquilidad a su alma, pero ya le he dicho que lo nuestro, nuestras vivencias, dicen los sabios, son experiencias para evolucionar, por dolorosas que sean y por imposibles que parezcan de soportar en algún momento. "Por cierto, me interrumpió Manuel, ya me tengo que ir a mi casa; todavía tengo que hacer algunas cosas antes de que me vaya a trabajar. Hasta mañana y, de todas maneras, gracias por tratar de darme respuestas, por mirarme con ojos afectuosos". Al día siguiente lo sentí tan triste en el salón que me imaginé durante todas las clases que el salón estaba inundado con sus lágrimas, que inclusive los vidrios de las ventanas estaban empañados porque sentían la tristeza de su corazón; todo el techo lloraba sin poder detenerse. Terminamos todos mojados y con dolor en los huesos por la frialdad de nuestras vidas, y es que a veces pensamos que nadie nos quiere, que a nadie le importamos. Al fin se terminan las clases y en ese preciso instante, cuando la maestra nos dijo que estudiáramos porque la próxima semana nos haría un examen, volví a la realidad. El lugar volvió a ser el mismo de siempre. Pero en cuanto todos salieron me acerqué a él y, como estábamos solos, no reprimí mi impulso de abrazarlo muy fuerte, como queriendo compartir su tristeza y al mismo tiempo curar su herida. Tan serio que es y, sin embargo, entendió la sinceridad de mi acto. Aunque no dijo nada, con su mirada me lo agradeció. A partir de ese momento él ya me busca más y me cuenta más de su vida. Otro día le comenté: "Manuel, debes recargarte en alguien. Qué bueno que te la llevas bien con tu mamá, pero eso no es suficiente. Necesitas creer en algo superior para que tu dolor no te tumbe, y, si te tumba, para que tengas fuerzas para levantarte una y otra vez. Tienes que seguir adelante, no te puedes detener. Necesitas vivir con la esperanza de un futuro mejor, pero también vas a necesitar saber cómo perdonar a tu padre, principalmente, por tu bien, porque tú mereces ser feliz. Perdonar significa liberarte; hazlo por ti, porque te quieres a ti mismo. Si tú no te quieres, terminarás no queriendo a nadie y eso se convertirá, a la larga, en un veneno para tu alma, y eso te puede matar lentamente. Fíjate, Manuel, que hace poco, cuando iba camino a casa de mi tía Chuy, alguien a quien no conozco me empezó a hacer conversación y me contó la historia de un hombre santo llamado Job. Se me hizo tan interesante lo que me decía que pienso leer su historia algún día; me dijo que está escrita en la Biblia. Me lo refirió como un hombre fuerte y lleno de fe, y me da la impresión de que pudiera ayudarte el leer también esa historia. Tú también eres bueno y su actuación ante las pruebas pudiera muy bien inspirarte para seguir adelante, pero ya con un cambio de actitud, casi hasta gozando las limitaciones y las separaciones por las que has pasado. Necesitas saberte amado por Dios o por alguien superior a ti, porque de otro modo creerás erradamente que estás perdido en un mundo al que no perteneces y que eres algo así como un accidente de la naturaleza, y eso te va a hacer sentir cada vez más mal, más desubicado; vas a sufrir mucho". Él opina que mi situación es más ventajosa que la de él y está pensando, por supuesto, en que yo no tengo que trabajar para seguir viviendo, como si lo económico fuera lo más importante en la vida. Pero tengo que reconocer que, si tuviera también que trabajar para sobrevivir y con la condición anímica actual, mi vida sería mucho más desesperada de lo que es ahora. Bendito sea Dios, pues tengo todo el apoyo económico por parte de mis hermanos, y mis padres tenían al morir un patrimonio, por lo que después de su muerte no he tenido privaciones económicas. Gracias a Dios y a ellos no me ha faltado nada. Pero como un día le confesé a él, yo lo cambiaría todo por volver a tener a mis padres otra vez, y es que el amor de ellos no se puede comparar con nada, es lo mejor que yo tenía, mi más grande patrimonio; eran mi más grande tesoro. "Así es que yo tengo tranquilidad económica, pero tú, Manuel, todavía tienes el amor de tu madre y tu padre aún vive. Cualquier día puedes regresar a tu casa y encontrarlo de nuevo ahí, y yo quisiera que estuvieras más contento por eso. Así es que vas a tratar de sentirte mejor por eso hoy y menos mal por tus sacrificios económicos; esto también pasará y algún día tú tendrás mucho dinero, porque yo creo que, si mandas todo tu esfuerzo a cantar, triunfarás seguramente, pero tu madre tal vez ya no estará contigo. Disfruta hoy sin pensar en el mañana ni en el ayer, ¡hazme ese favor!". Para mi sorpresa, conseguí que se asomara un poquito de alegría en esos lindos ojos, una sincera sonrisa y hasta pude escuchar un pequeño suspiro, como olvidándose de pronto de todo lo que lo afligía. Luego sentí el impulso de abrazarlo y lo abracé, pero ahora sí se sonrojó todo. Creo que me estoy enamorando de él. Empiezo a intuir eso y me dio, de pronto, un poco de miedo. Pero, bueno, en ese abrazo le quise brindar toda mi ternura y comprensión. A veces desearía con todo mi corazón poder curarle su herida y absorber todo su dolor y su tristeza para que vuelva a sentirse bien, pero una voz en mi interior me dice que eso no es posible, que tan sólo puedo acompañarlo en su dolor y apapacharlo para que duela menos. Aunque, si amas a alguien, he escuchado que quisieras con toda tu alma ocupar su lugar para evitarle tomar algún trago amargo, pero eso es imposible, eso no se permite, porque en ese caso no le permitimos al objeto de nuestros afectos acumular experiencias, y con la experiencia viene la sabiduría, y con la sabiduría la alegría. Casi enseguida de que dejamos de abrazarnos tuve como una visión, bueno, en realidad no sé si me desmayé o qué, pero frente a mí pude verlo muy feliz y triunfando, como un gran cantante de esos que hacen época, de los que sus nombres serán recordados y hasta quedarán escritos en letras de oro en el libro de este mundo. Será el más famoso de su tiempo, pues con este dolor y tanto sufrimiento se implantó en todas sus células la más grande sensibilidad que da al artista la posibilidad de expresar todo lo que siente desde muy adentro de su corazón, teniendo en su archivo personal las penas humanas más grandes, pero también teniendo en su experiencia haber conocido el verdadero amor, al que andará buscando inconscientemente siempre en todas sus vidas, pues es la medida del latido del corazón. Me dio tanto gusto poder mirarlo triunfando como cantante, y es que con todo este dolor y con la situación tan desesperada que está viviendo lo más probable es que en esta vida se convierta en el gran proveedor de toda su familia y el gran traicionero de su propia voz interior, ante la cual, aunque le grita que tiene el don para cantar, él se volverá sordo. De hecho, pude ver en algún momento de la escena, cuando daba un concierto frente a miles de personas, cómo de pronto agradeció al público por asistir a escucharlo cantar, pues era un placer para él cantar; también dijo: "Es un privilegio divino el transmitir las emociones más importantes de la vida de cualquier ser humano, que se resumen en el amor y el desamor". «Seguía siendo un hombre bueno», pensé para mis adentros. Debo confesar que no hablamos muchas veces después de ese día. Me enfermé al poco tiempo de los nervios, que ahora se llama depresión, comencé a faltar muy seguido a las clases, hasta que dejé de ir definitivamente a la preparatoria. Unos meses más tarde morí de una gripa mal cuidada.

En ese momento me di cuenta de que, sin querer, estaba contemplando la vida de alguien más, o mía, no lo sé, pero me llamó la atención esa experiencia de Manuel y le llamé a mi ángel, o guía, Ethel, y le pregunté que si se podía que yo viera qué pasó después en su evolución algunas vidas después. Me contestó que sí se podía checar su historia y así conocer todo lo que vivió para llegar a ser un gran cantante; desde este mismo momento me da la respuesta con el énfasis al decir "un gran cantante". Me dijo que iba a contarme la historia de Manuel en breve.

-Pasó por alrededor de cinco vidas, vamos a llamarlas "fundamentales", para que se le creara el *feeling*, como dicen en la Tierra, temperamento en el carácter o sensibilidad en los artistas en general. Apareció en esas encarnaciones con las mismas almas, en especial su padre y su madre. Su padre siempre los abandonaba cuando él era muy joven o moría o se largaba con otra mujer, e inclusive se convertía en explorador del mundo, pero de todos modos lo dejaba con toda la responsabilidad. Su madre siempre se convertía en la lápida de sus sueños, lo chantajeaba y se quedaba solo a veces; casi nunca se casaba. Cuando se enamoraba de verdad, su madre se encargaba de desilusionarlo con respecto a la mujer en la que se fijaba o le hacía jurar que hasta que muriera ella, y ya no lo necesitaran sus hermanos, los más pequeños, podría formar su propia familia. En una vida llegó a tener un hijo con el amor de su vida, pero nunca lo vio porque la novia enfermó y se fue del pueblo con su familia, que era rica y que con ardides la casaron con un viejo conde. A él le dolió muchísimo esa separación y lo volvió desconfiado de las mujeres. Pero quien más daño le hizo todo ese tiempo fue su madre, al actuar como freno del automóvil de sus sueños, y resultó la enterradora de sus dones. Sin embargo, ahora mismo es un artista admirado en todo el planeta y les parece a muchos que tiene mucha suerte, pues empezó a cantar desde muy chico, alrededor de los 12 años, pero ellos no saben lo que tú y yo sabemos ni han podido observar todo lo que pagó antes de poder usar ese don. De hecho, tiene dos nombres que juntos suman 10 letras. En esta vida, su madre y su padre volvieron a aparecer, pero como miembros cercanos a su familia, no como su padre y su madre, y en el caso de uno de ellos casi no ha tenido contacto y él cree que la extraña, pero porque él es muy bueno y tierno. Tiene un conocimiento de la vida tan amplio que quiere dar siempre lo mejor. Él sabe lo que es compartir porque siempre lo ha hecho, sobre todo en esas cinco vidas. Pero lo que él no recuerda es que, precisamente, decidió estar alejado de sus padres en esta vida para realizar el deseo de su alma y poder, al fin, ser feliz, pues en la medida en que sirves a los demás con el don que Dios ha puesto en tu ser te acercas a esa cosa tan rara, pero tan apreciada, que es la felicidad. Ese don que él ha tenido en su ser ya lo desarrolló en otras encarnaciones, por eso nadie canta mejor el día de hoy. Ojalá que el alma que ahora es su mamá ya se acerque a él, le dé todo el amor que otra madre no le dio, lo haga sentir que en este mundo hay alguien tan especial como mamá y que contribuya a su felicidad. Él dejó de ser hijo otras veces para ocupar el lugar del papá para toda su familia, cargada, por cierto, como incrustada en su espalda, como cosida a su piel.

-¿Ethel, encontrará a su alma gemela en esta vida?

-Sí, como la vez en que tuvo un hijo con ella y luego los perdió a los dos, pero esta vez nada podrá evitar que se queden juntos toda una vida; serán un matrimonio feliz para recordar en la Tierra. Ahora será esposo y padre, pero un padre que tiene a su hijo para cuidarlo, protegerlo y darle todo su amor, sin necesidad de dejar de escuchar la voz de su alma, que le dice: "Canta, como si cantaras para festejar a Dios por todas las maravillas que nos ha regalado. Sobre todo canta porque, mientras más dediques tu tiempo a cantar, podrás liberarte de esas almas que querían encerrarte en una prisión. Y dale gracias a Dios con todo tu corazón, porque al fin estás vibrando en tu tono y disfrutando de todas las cosas buenas de la vida".

-Ethel, si pudieras enviarle un mensaje a la Tierra a ese cantante, ¿qué le dirías?

-Que su vida va a dar un gran vuelco, un giro de 180 grados, pero que en ese giro llegarán todas las bendiciones, reconocimiento mundial, amor, hijos, tranquilidad, lealtad de amigos y familiares y… Espera a abrirle la puerta a tu mamá, prepárate, pues son emociones muy grandes. Cuando eso suceda comprenderás que existen los milagros, sí, los milagros.

-¡Ethel, me encantó el final de esta historia! ¡De verdad me gustó!

-Ya aprenderás aquí que todas las experiencias individuales, absolutamente todas, llevan intrínsecas un final feliz. Lo que sucede es que ellos no pueden ver lo que nosotros, la suma de todas las encarnaciones como una historia con su principio, su desarrollo a través de los tiempos y luego la manifestación de sus sueños más queridos, que contienen la semilla de su misión, de su éxito en la Tierra y de su servicio a la humanidad, una semilla que al enterrarla en el corazón de un hombre tendrá que ser abonada con la inspiración, el entusiasmo y la luz de un ángel protector y, por supuesto, el amor del que recibió el don.

-¿Y después, Ethel, qué sigue?

-A explorar otros mundos, a aprender otras lecciones, a manifestar otros dones.

-Después de ver ese testimonio de... Ah, por cierto, creo que nunca nos dijo su nombre, pero tú conoces su nombre, Ethel, estoy segura.

Y en ese momento me contesta:

-Se llamaba Laura.

-¿Ella es un alma encarnada ahora?

-Sí, pero ya tiene otra historia. Sin embargo, sigue siendo una persona muy sensible y sigue haciéndose preguntas acerca del mundo y de lo que le rodea. Y también sigue ayudando a otras personas a encontrar su sendero. No te preocupes por ella, que ella se encuentra en buenas manos, en las de Dios, como tú y yo.

-Ethel, ¿tú conoces a Dios personalmente?

-Dios no es una persona, sin embargo, lo encuentras también en las personas que conoces, porque Él está en todo. Recuerda: Él es el todo en todo. Pero se puede decir que sí lo conozco, pues conozco la jerarquía espiritual; ellos viven aquí y en otros retiros espirituales que en la Tierra llaman "etéricos", o sea, fuera de la tercera dimensión. Y sí es maravilloso tratar con ellos; son sabios, amorosos, bondadosos, generosos, magnánimos y tienen, cada uno de esos maestros ascendidos, como los llamamos aquí, la representación de alguna de las cualidades de la deidad. Por ejemplo, uno es conocido como el dios de la libertad, pues "encarna" esa cualidad en todo el Universo. La diosa de la verdad, la diosa de la justicia, la diosa del amor, el dios de la voluntad de Dios, que encarna el respeto por la voluntad de Dios... En fin, conocen la verdad y la usan para ayudar a todas las almas a evolucionar y ascender, para que algún día todas las almas volvamos a ser perfectas y que no perdamos más la memoria al momento de nacer, sino que llevemos con nosotros al maestro que hay en nosotros, pero también al humilde servidor de Dios que hay en cada uno de nosotros que viajaría por todo el sistema de mundos para dar gloria a Dios. Por supuesto, nunca se deja de aprender, pues seguiremos aprendiendo los secretos del Padre. Claro que tenemos la idea de la existencia del Padre, y no, a Él no lo conozco, sólo a su jerarquía. Bueno, si Dios es una "persona", aún no merezco estar frente a su rostro. Imagino cómo son sus ojos cuando veo la sabiduría de los maestros, pero no los he contemplado personalmente.

-Ay, Ethel, qué manera tan sencilla de explicármelo. Oye, tengo ganas de conocer más historias personales. ¿Se puede? -mirándolo directamente a sus preciosos ojos azules hago una pregunta-. ¿Me permites ver la vida de otra alma? No sé cómo las elijas, pero lo dejo a tu elección. Además, tú sabes qué es lo que necesito recordar; esto es parte de mi iniciación, de mi estudio entre las vidas, como me lo comentaste casi al principio de mi llegada a este exquisito lugar.

-Okey. Pon atención y esta vez métete en el papel del personaje principal para que entiendas su visión y su valor de luchar por un sueño.

De pronto, en la misma pantalla de cine aparece la imagen de un joven recostado en el asiento de un tren. Tiene sus ojos cerrados y parece que está dormido. En ese momento, veo que Ethel detiene la imagen de la pantalla, como si tuviera un control de televisión, aunque no veo un control en sus manos, sé que aquí el pensamiento es muy poderoso, pues debió dar la orden mentalmente.

Ahora me pide Ethel que entre a la pantalla y que me meta en el cuerpo de ese muchacho, pues así entenderé muy bien sus actuaciones y yo, que tengo un cuerpo cuya esencia es mente, me voy directo a su frente, a lo que se llama el tercer ojo.

Con mis ojos ya cerrados por el cansancio y fastidiado por ese ruido tan ensordecedor y desagradable del tren, que no me permite descansar del todo, me obliga a meditar acerca del viaje que hace unas cuantas horas comencé, pero del cual me llevó tanto tiempo decidirme. Por un lado, representa el ir tras el logro de un sueño, pero, por otro, implica el dejar la comodidad y el amor que hasta hace muy poco me rodeaban.

Mi cuerpo tiene frío, pero un frío no del que se siente allá en la montaña y que se quita poniéndote una chamarra de cuero de borrego, sino de ese que te hela las entrañas, de ese que tiene su origen en el temor de no estar haciendo lo correcto, o porque en el fondo tienes miedo de que tu sacrificio no valga la pena. Por un lado, quieres desarrollar tu don y por otra parte tienes miedo de ser soberbio, pues muchos a tu alrededor se conforman con una vida sencilla, rutinaria y, hasta en cierta forma, heredada por sus antecesores.

Más de alguna vez me han hecho sentir que esa voz que escuché al tocar el piano de la maestra, cuando aún era un niño, pudo ser imaginaria. Pero debe ser una voz interna verdadera, porque la sientes, además de que la escuchas, y te dice palabras tan concretas que son como mensajes escritos que puedes leer y releer, como si se tratara de alguien que te viene a recordar que tienes una cita que estaba agendada en la eternidad y que no la debes olvidar. En cierto momento, encuentras mucha concentración, reconoces demasiada sensibilidad en ti y esa voz interna te dice que es para lo que tú has nacido. Ahora lo haces bien, pero, si estudias y le dedicas todo tu tiempo, no sólo serás el hombre más tranquilo y pleno, sino que se te dará todo lo que necesites para mantenerte vivo tú y los tuyos. Será algo así como dedicarte, al mismo tiempo que tocas el piano, a esculpirte tú mismo, pues descubrirás en ti todo lo bueno que hay; darás y luego recibirás mucho amor de todo el mundo. Te convertirás en un gran imán de bondad y felicidad.

De pronto, me quedo dormido y, aunque los pensamientos siguen llegando a mi mente, yo ya no los analizo. El frío de pronto desaparece y comienzo a sentir algo de calor, pero me duermo con algo de desconsuelo, pues, aunque voy a la ciudad a perseguir el sueño de mi vida, también me doy cuenta de que para lograrlo debí dejar atrás mi hogar, mis padres, mis hermanos y mi tía Carmela, que tanto quiero. También dejé amigos, una mujer a la que amo y que me ama y que me prometió esperarme para casarnos.

En la comunidad están tan ofendidos por mis deseos de superación, por eso que llaman ellos mi codicia por triunfar en el mundo de la intelectualidad, que ellos lo definen como pura vanidad y ganas de no trabajar en la granja con mi papá, una ambición por conquistar mundos distintos a lo que es nuestra realidad. O sea, yo debería sentirme feliz por tener como proyecto de vida el seguir trabajando en la granja hasta que pueda tener la mía, donde lleve a vivir a una buena mujer con la que forme mi propia familia, como antes lo hicieron mi padre y mi abuelo, los cuales se han sentido, hasta cierto punto, orgullosos de su destino y agradecidos con Dios por vivir de un modo tan modesto y tranquilo, alejados de los estudios y de las cosas que les interesan a los citadinos, a los cuales consideran buenos clientes para el ganado, pero unas personas vacías y que sólo viven de las apariencias. Piensan que a ellos no les alcanza el tiempo, por lo tanto, siempre andan a las carreras; tienen tantas responsabilidades que padecen de enfermedades como el estrés, trastornos digestivos constantes y la tristeza se convierte en una enfermedad que llaman depresión. La infelicidad es un mal común, la ambición los alcanza casi a todos y hay tanta falta de amor que muchos mueren antes de los 50 años por un infarto al corazón. Otros más se desequilibran tanto que tienen que encerrarlos en clínicas para enfermos mentales. Todo esto se lo han platicado a mi papá los clientes, sobre todo don Rafael Carrizales, que, cuando elige el ganado con mi papá y mientras se toma un ron del hecho en la casa, pareciera que se desahoga, y es que le ha comentado a mi papá que él también es originario de un pueblo pequeño y que le recuerda el tipo de vida que llevó desde niño hasta que, ya siendo joven, se fue a estudiar a la ciudad.

Cuando don Rafael viene al rancho a comprar el ganado siente nostalgia por él mismo, y es que dice que era bueno y generoso, pero que la ciudad lo transformó en la porquería que ahora es. Mi padre, tal vez por esos comentarios, tenía temor de que yo me fuera a la ciudad a estudiar, sin embargo, no me detuvo. Me dejó ir, y aquí voy camino a la ciudad.

Desde que tengo memoria, cuando aún era muy niño, tendría 5 o 6 años tal vez, se enojaban conmigo mis hermanos Pedro (me gana por 4 años) y Pablo (me gana por 9 años) porque no me gustaba jugar a aventarles piedras a cuanto animal pequeño encontráramos alrededor de la casa, fueran ratones, gatos, gallinas, pájaros, patos, gansos o hasta sapos y ranas. A ellos les encantaba que nos organizáramos para que, entre los tres, buscáramos a los animales para hacerles daño. Inclusive algunas veces hasta llegamos a meternos en el corral pequeño donde mi madre tenía sus gallinas. A los pollitos les jalaban las patitas y en una ocasión hasta uno de ellos murió, yo creo, del dolor que le causó Pedro al quebrarle una pata al aventarlo contra la pared. A mamá gallina la había sacado del corral Pablo llamándola con algo de maíz quebrado. Para mí, aun a tan temprana edad, esos "juegos" me parecían de una gran crueldad. Me asustaban todos sus pasatiempos, pero, si no iba con ellos, me pegaban y me decían que ni modo que jugáramos a las muñecas o a las comiditas, que eso era cosa de viejas, que los hombres debían ser rudos desde niños, que los hombres no deben asustarse con nada y que en cualquier parte se debe notar la autoridad del hombre, y eso incluía el tenerla frente a los animales.

Muchas veces tuve ganas de llorar cuando me hablaban tan golpeado, pero me hubieran golpeado más y, además, se hubieran burlado de mí, así es que me obligaban a no llorar. Por lo tanto, me esperaba hasta que llegara la noche, cuando ya me iba a dormir a mi cama, para llorar. De hecho, desde entonces me cuesta mucho trabajo llorar.

Y es por esa razón, creo yo, la música me ha servido como una catarsis, pues puedo permitir que salgan mis emociones más profundas, y al mismo tiempo me llega algo así como la inspiración, pues ya más libre en mi espíritu puedo componer canciones, música y letras. ¡Oh, sí! Tocar el piano me ha hecho encontrarme a mí mismo y en ningún momento he dejado de ser masculino. En el caso de mis hermanos, siguen siendo tan toscos como cuando éramos más chicos, pero en ellos está bien, pues se dedican a domar potros salvajes, a arriar vacas, a herrar los animales y también a sacrificarlos. Por supuesto, ellos no aceptan mi sueño de ser músico, de hecho, se quedaron enojados conmigo y ni siquiera se despidieron de mí. Pero yo, de todos modos, los quiero, pues son mis hermanos.

Ahora mismo me llega el recuerdo de que en algunas ocasiones me escondían a la fuerza en algún lugar oscuro de la casa y me dejaban ahí encerrado por mucho tiempo, hasta que mi mamá me buscaba por todos lados y al fin me encontraba. Yo creo que por eso, desde entonces, me da mucho miedo la oscuridad. Ahora tengo 18 años y, sin embargo, la noche me inquieta mucho, por lo que debe de haber gente cerca de mí para sentirme seguro o una luz encendida.

Creo que mi viaje al éxito va a costarme muchos sacrificios, y uno de ellos va a ser el reunirme con gente extraña y de quién sabe qué creencias, aunque también tengo la posibilidad de conocer gente buena y muy talentosa.

Mi padre debe de estar muy triste ahora por mi venida a la ciudad de Atlanta, pero a mí no me demostró ningún afecto antes de salirme de la casa ni durante el camino a la estación del tren del pueblo, mi pueblo, Shelton, donde nací y viví hasta el día de hoy, mi pueblo en las montañas. Mi madre ya ha llorado mucho y sigue llorando por mí, estoy seguro, pero disimulará delante de mi padre, de mis dos hermanos y de mis hermanas, Alma y Damiana.

La que ha de estar muy triste también es mi tía Carmela, pues para ella siempre he sido como el hijo que nunca tuvo, y es que ella no se casó. Al parecer, tuvo una decepción amorosa y decidió quedarse sola el resto de su vida, por lo que, desde que yo tengo memoria, ella vive en la casa con nosotros. Ella es hermana de mi mamá y las dos se han querido mucho toda la vida; ella está apoyándome en todo mi proyecto; ella me compró el boleto del viaje y me dio dinero para sobrevivir los primeros seis meses de mi estancia en la ciudad, mientras que encuentro algún trabajo para ayudarme a pagar mis estudios de música en el conservatorio de Atlanta. Sin embargo, ella me va a seguir apoyando moral y económicamente en la manifestación de mi sueño; inclusive voy a vivir en casa de una antigua amiga suya. Sé que tiene una casa muy grande y que sólo son su esposo, Bryan, y sus dos hijos, Cole y Malcolm, de 12 y 17 años, respectivamente. Al parecer, ellos no son muy religiosos, más bien son de costumbres muy liberales y acostumbran a hacer mucha vida social. Entre ellos hay muchos intelectuales de moda que van a visitarlos. Eso, creo yo, me va a ayudar mucho en la realización de mi sueño. Además, también podría tomar clases de canto, pues me dicen que canto muy bonito.

¿Qué es para mí la música? La música lo es todo. La música me eleva, me armoniza con un universo perfecto, me permite sentir los colores, tocar las nubes, conversar con las estrellas; me imagino tener en mis manos una varita mágica con la que puedo obtener todo lo que quiera e imaginar toda la belleza; me permite tocar puertas imaginarias y entrar a través de ellas en mundos de hadas. Me gusta mucho tocar el piano. El piano debe ser, sin lugar a duda, un instrumento de los dioses.

Estaba disfrutando de estos sublimes pensamientos cuando un movimiento muy súbito me avienta hacia el otro extremo del tren. Caí justo encima de alguien más. Todos son movimientos vertiginosos y estoy ya mareado, creo que hasta voy a vomitar. Trato de incorporarme y no puedo, y justo cuando quiero abrir los ojos siento que todo es muy rápido. Pareciera que el tren se descarrilara y que fuera a caerme en un abismo, pero todo es tan rápido y estoy tan mareado que creo que estoy a punto de desmayarme.

La primera vez que vi un piano fue en casa de una maestra de mi madre y de mi tía Carmela. Precisamente, mi tía me pidió que la acompañara a hacer una visita y ahí me encontré con esa belleza. Me llamó tanto la atención que quise verlo bien y, en mi curiosidad, toqué con mis pequeños dedos unas teclas. Al escuchar la música me asusté mucho, por lo que ella, para tranquilizarme, tocó algo para mí. Desde ese momento me enamoré del piano y de la música.

Después, estando solo, jugaba a que tenía un piano y casi enseguida me llegó la letra de una canción; algo así decía:

"Mi piano blanco,

grande y hermoso

es capaz de inspirar

para cantar a la más bella niña,

que es Herminia. Niña bonita,

de mi corazón la más querida,

chiquita, a ti te canto mi canción".

Un día que la estaba cantando me escuchó mi tía y se lo fue a platicar a su maestra. Su maestra le pidió que me llevara para que se la cantara y, no sé cómo, pero me permitió tocar el piano. Como cosa milagrosa, mis dedos comenzaron a buscar las teclas y esa tarde tuve la música para esa letra.

A partir de ese día, la señorita Rosaura me enseñó a tocar el piano y lo que sabía sobre cultura musical todos los jueves. Debe ser un ángel porque fue un gran regalo para mí, aunque para mi familia se convirtió en una pesadilla, pues no quería hacer otra cosa en mi tiempo libre más que solfear y estudiar música.

Después de no sé cuánto tiempo, despierto en un lugar muy triste y feo, donde, al parecer, estamos muchos enfermos. Estamos en el suelo, que parece un pasillo de heridos de guerra. Todo es lamentos y decesos. Lo único que da esperanzas es alguien que está frente a mí; se trata de una mujer muy bella que tiene ojos azules y como que destella una luz blanca todo su cuerpo. Trae como una diadema de brillantes y su edad debe oscilar entre los 18 y los 20 años. Es muy blanca, casi hecha de talco, coloreada con un rosa pálido en las mejillas y de labios delgados. Me toca la frente como para tomarme la temperatura; trae algo como un suero y me lo inyecta en un brazo. Me duele un poco, pero no puedo articular una sola palabra, sólo puede ver lo que expresan mis gestos.

No sé qué está pasando, pero de pronto cubren con una sábana blanca a alguien que está a mi lado. Y así pasa con otros tantos. ¿Qué hago aquí? De pronto tengo mucho sueño y por más que lo intento no puedo tener mis ojos abiertos. Creo que... De pronto percibo el olor del alcohol en mi nariz y siento que me mojan mi cerebro y vuelvo a abrir los ojos, pero ahora estoy en un lugar diferente. Este es un lugar hermoso lleno de luz, parece como una cabaña en medio del bosque; puedo percibir todo el cuadro. Si fuera pintor, no podría plasmar tan hermoso cuadro. Empiezo a escuchar una música muy bonita, como hecha con distintos tipos de campanas, y vuelvo a cerrar mis ojos. Al abrirlos después de no sé cuánto tiempo me descubro de nuevo en mi cama y en mi cuarto en mi pueblo. A un lado está dormido Pedro y al otro lado de mí está Pablo. Ya casi amanece, ya mero nos habla mi papá para levantarnos a trabajar en el rancho. Voy a dormir un poco más.

Al final de esta escena. Ethel me pide que salga de la pantalla y de manera automática entro en mi cuerpo, que dejé recostado en el sillón como si estuviera dormido.

-Ethel, ¿me puedes explicar qué sucedió con Miguel? Yo pude vivir toda su historia, sin embargo, no entiendo nada. ¿Sí dejó su casa para irse a la ciudad a luchar por su sueño o fue sólo eso un sueño? Él tenía un don, estoy segura, pero también creo que debía de trabajar mucho para desarrollar su don, por eso estaba haciendo ese viaje a la ciudad. Estoy confundida. Contéstame, por favor, Ethel.

Estaba diciendo eso cuando de pronto me siento como muy relajada, llena de paz y de sentimientos amorosos por los demás. Cuando busco la cara de Ethel, su imagen comienza a desaparecer poco a poco frente a mí, de arriba hacia abajo, como si hubiera estado formado de rayos de luz. Algo me dice mientras se borra completamente, pero no lo entiendo. El lugar comienza también a desaparecer, como si antes hubiera sido sólo una pintura o un escenario de un gran teatro.empiezo a sentir un dolor muy fuerte en mi pecho, como si alguien me estuviera golpeando con mucha fuerza con algo muy pesado. ¡Ay, que dolor tan intenso! ¡Quiero llorar! Casi sin fuerza me sale una voz muy queda. Ya no me estén sacudiendo tan fuerte. En lo que digo esto, abro mis ojos y veo al doctor Manuel Alcaraz, quien dice:

-Gracias a Dios estás viva.

Creyeron que yo también me moría. Mis padres y toda mi familia pasaron por unos momentos muy angustiantes, pues apenas hace 15 días habían sepultado a Beatriz.

El doctor me pide que me quede tranquila, que me va a dejar un momento sola para avisarle a mi papá y a mi mamá que ya reaccioné al tratamiento médico. Cuando él dijo las palabras "Estás viva" pensé que ahora sí haría todo lo posible para ser más comprensiva con mi familia, en especial con mi padre y mi madre, aunque no dejaría de lado mi misión, que era curar. Tenía un don y no lo iba a desperdiciar.

No sé cómo le voy a hacer para no discutir con mi mamá, pero me voy a encomendar a san Martín de Porres y también le voy a pedir a Ethel que me ayude, pues él es mi guía espiritual.

A partir de hoy no sé qué pasará con mi vida, pero de lo que sí estoy segura es que voy a usar cada minuto de mi tiempo para realizar la misión que Dios me ha encomendado y por la cual me ha prestado más tiempo de vida.

Además, le pediré al espíritu de Beatriz que me ayude para que ella desde el cielo también realice su misión junto a mí. Me acaba de responder que claro que sí me va a ayudar a curar todo mal; la estoy viendo con ese vestido rosa que a ella tanto le gustaba usar en las fiestas. Me dice que va a ser difícil para mí, sobre todo porque vienen cambios de residencia y voy a tener disciplinas nuevas, pero que va a venir tanta gente a pedirme ayuda que cuando me vaya voy a ser recordada y venerada después de muerta, que vendrán gentes de todas las clases sociales y de todo tipo de problemas y enfermedades, pero que con sólo acercarse a mí comenzarán a irse sus males.

-Eso sí, Alberta, no te puede tocar nadie, pues eres como una mano de Dios aquí en la Tierra. Te recomiendo que leas la vida de san Martín de Porres para que él te inspire; realizó muchos milagros para ayudar a su pueblo y sigue ayudando en cualquier parte del mundo donde se le invoque. Lo llaman el protector de los pobres, pero no sólo ayudaba a los pobres, pues era un ser con tanto amor por la humanidad que bien vale la pena estudiar su vida para adquirir un poco de su visión y de su gran humildad para servir a todos, y tú, que vas a ser un canal de curación de Dios, puedes tener en él a un gran maestro. Por supuesto, encomiéndate siempre a nuestro Señor Jesucristo; encuentra en su sagrado corazón toda la ayuda, toda la fortaleza que necesitas y toda la fe para seguir adelante y poder realizar tan bella misión.

Estaba tan contenta de ver de nuevo a Beatriz y saber que estaba bien que algo dentro de mí me recuerda que yo sé que la muerte no existe, que sólo es un tránsito hacia un mundo mucho más bello y perfecto, donde hay muchos seres como mi amado Ethel, donde todos conocen la verdad y viven eternamente con Dios. No, no voy a estar triste por la "muerte de Beatriz" porque conozco la verdad. Con razón decía Jesucristo: "Conoced la verdad y ella os hará libres". Al pensar esto volví a cerrar mis ojos. Además, a ella sí la volvería a ver, pues me iba a ayudar a curar.

Estaba tan concentrada en esa idea que no me di cuenta a qué hora entró mi madre a mi cuarto, que de pronto estaba todo lleno de luz. Podía ver mi mueble donde me peino, de hecho, me reflejo en el gran espejo, pues está frente a mi cama; me reflejo ahora que me levanta mi madre y, al abrazarme, puedo hasta mirarme a los ojos.

Mi madre me dice que se siente muy triste y también culpable porque en el pasado no fue buena conmigo, pero antes de que diga más le pido que por favor no se aflija, que yo estoy bien, que me voy a poner bien, que con unos días de descanso y lectura me voy a poner otra vez bien.

Mi madre no para de llorar y mi padre, que ha estado atrás de mi madre, mirándome, se encuentra con muchas ganas de abrazarme y de decirme que me quiere, pero debe aguantarse, pues siempre ha cumplido su promesa a mi madre. Ahora puedo ver su amor por mí con sólo mirar sus ojos cafés. Mi madre me vuelve a dejar sobre la cama y hago como que me siento incómoda para obligar a mi padre a abrazar a su hija enferma, para que me acomode en una mejor posición, aunque trató de parecer alejado de la escena para no despertar sospechas en mi madre.

-Hemos pensado tu padre y yo que te recuperarías más pronto si nos vamos unos días fuera de aquí. Así es que haremos un viaje en cuanto te sientas mejor, ¿está bien? Queremos cuidarte y queremos que estés contenta, que no te preocupes de nada. Te prometo, Alberta, hija mía, que de ahora en adelante seré para ti la mejor madre del mundo. Dios me ha dado una segunda oportunidad y voy a aprovecharla. Te cuidaré como Dios cuida de sus ángeles.